JN075986

旅の彼方

若菜晃子

アノニマ・スタジオ

はじめに

旅に出る理由や目的は人それぞれだが、私の場合は、どうしても行きたい国や見たい場所は特にない。ただ見知らぬ国のできれば地方であればよく、初めて訪れる街や山や自然を歩き、そこに生きる人々に出会い、たとえわずかな間でもその片隅で暮らすようにして旅してきた。

そんな旅で得た、忘れがたい記憶と思考を綴ったのが、この「旅の三部作」である。第三集である本書は、旅の周辺にまつわる文章を中心に集めている。

長年旅を続けてきて思うのは、私にとって旅とは、これまで生きてきたなかで出会った人や本や心に残った言葉、学んだ知識や多くの経験、それらから培った考え、あるいは好きなものや懐かしい思い出といった、私の人生そのものと常に交わり、密接につながり合っていくということだった。

こうして私は、日常生活を離れて異国へ旅に出ることで、あえて人生の途上で立ち止まり、過去と現在と未来を見つめ直しながら、自分の生を深めているのだと思う。

本書で書かれた記憶の断片や思考の跡は、私自身の体験であり旅であって、とりたてでなんということのない、他の人からみればとるに足らないことの集積である。

しかし人生とは、なんでもないけれども、目には見えないけれども、その人にとってはかけがえのない、大切なものごとの連鎖で成り立っている。そのなんでもないようにみえる、平凡で平穏なことこそが、普遍的な生の喜びではないだろうか。そうした喜びのつらなりで、人は誰しもかろうじて生きているのではないだろうか。

世界を旅するなかで通り過ぎては消えていった、なんでもないけれども、本当はすばらしいことごとの、その美しさと尊さを私は書いておきたい。

旅と書物

忘れじの味

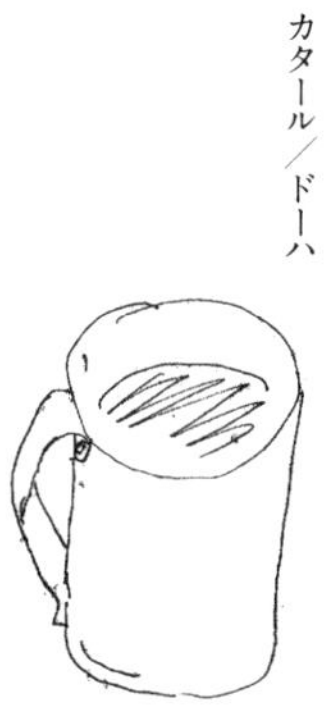

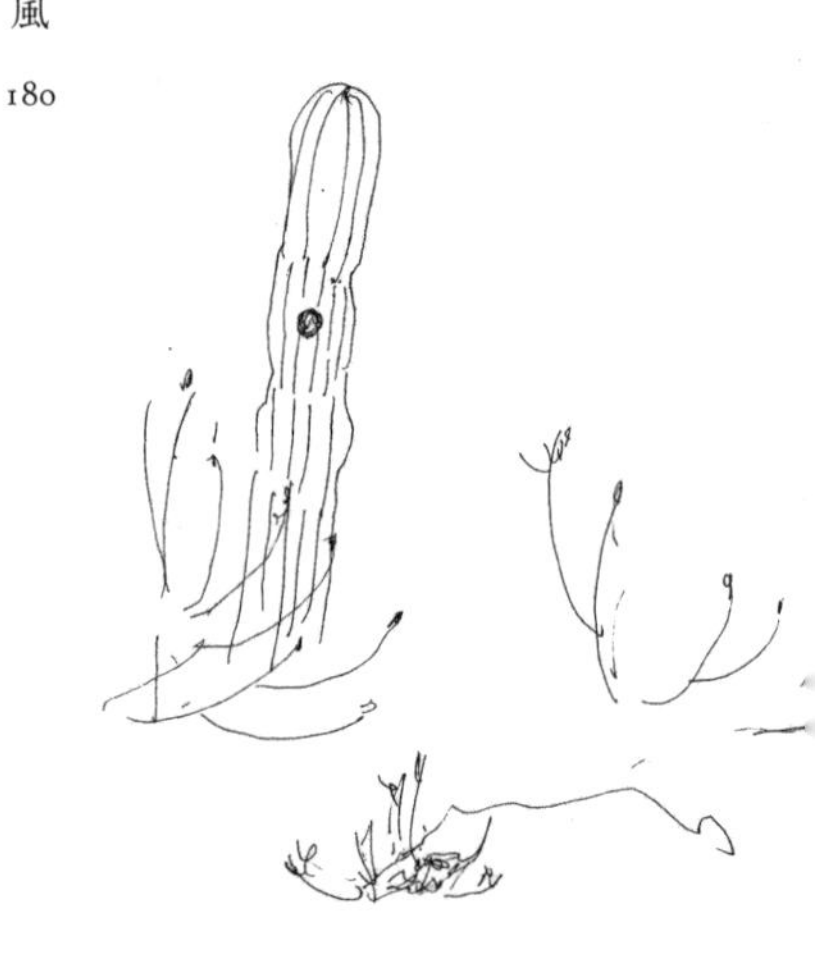

デザイン　櫻井久（櫻井事務所）
絵　若菜晃子
編集　村上妃佐子（アノニマ・スタジオ）

旅の彼方

白い岬にて

道はゆるやかな丘を越え、海に向かって下りていくようになった。
雲ひとつない空と裾野を引く山々と白い海岸線と青い海が広がっている。
車がカーブを曲がるたびに小さな砂丘が現れ、
花々が淡い美しさで咲いているのを見ていると、岬が見えてきた。
道を終点まで行き車を停めると、その先は石の海岸だった。
白や青や灰色の石が打ち寄せられた浜は入り江になっていて、
太平洋の白波が大きく寄せては引いていった。
私は固い石の浜の上で大の字に寝転んだ。

寝転んだまま手探りで石をつかみ、仰向けの顔まで持ってきて、それを見た。
地層の変容と時間の堆積を凝縮したその石をしばらく眺めて、
また手を伸ばして石を浜に転がした。
すると近くに座っていた夫がふと、こう言った。
「ここでこうして遊んでいると、ずっとこうしている気がするよね。
明日はどこへ行こうか、みたいな」。
日本での仕事も生活も家も人も過去もなにもかも、
現実だったはずのものはどこかへいってしまって、
ただもうずっとここでこうしているような感覚になる。
その感覚は今のこの旅上にかぎってのことだけれども、
実は人生そのものがそうなのではないだろうか。
人は生まれたときからずっとこの地上で生きている気がしていて、
明日はどうしようかと思いながら、一日一日を過ごし、
ある日どこかへ去っていくのではないだろうか。

旅の空

上空にて

午後に成田を出発した飛行機は、夕刻ロシアのカムチャツカ半島にさしかかった。日本からロシアの極東地方へは、距離が近いせいか、飛行機は高度をさほど上げずに飛ぶ。そのため飛んでいる間も、雲の合間から地上が遠くにうっすらと見えている。東北だろうか、北海道だろうか、千島列島だろうかと思いながら見る。

やがて飛行機はゆっくりと高度を下げ始め、前方にカムチャツカ半島の山並みが見えてきた。半島には火山帯が横たわっているため、山々は富士山のように裾野を広げた、コニーデ型の美しい山容が特徴だ。

淡い赤と白と紫と水色が重なり合い、もやのかかったような夕空に、アバチャ山をはじめとする山々が、それぞれにすらりとした姿を見せて、うたかたの夢のように浮かび上がっている。

飛行機は空港への着陸待ちなのか、きわだった美しさを見せている山々を愉しむかのように、上空をゆっくりと旋回している。機体が左右に傾くたびに、空と海のあわいに浮かぶ山々と半島をうっとりと大きく眺め渡す。それはまた、夕と夜のあわいを、地上高く世を離れた上空から確かめているようでもあった。

夕闇の色が赤みを帯びた白から次第に青みがかった紫に変わる頃、機体は海上に出た。アバチャ湾に浮かぶ赤と白の船にはあかりが灯っていて、地上の街がはっきりと形をもって広がってきて、そして飛行機は人々の時間に近づいていった。

ピーター・パン

あれはインドでの、ごく小さな出来事だった。

砂漠の城塞都市ジャイサルメールから首都デリーまで、夜行列車に乗って帰国の途につくところだった。

人や物が乗ったり降りたり、出発前のごった返す駅のホームのベンチで、私はひとりで座っていた。横には大人数の家族連れがいて、子どもたちのうちの長男とおぼしき年かさの青年が座って本を手にしていた。茶色い巻き毛に細面のエキゾチックな顔立ちで、まだ二十歳そこそこにみえる彼は、子どもの頃に読んでいた海外児童文学の物語に出てくる、いたずら好きの主人公のようだった。

そのとき彼と目が合って、私たちはひとことふたこと言葉を交わした。どこから来たのとか、すごい人だねとか。彼はスイス在住のインド人であった。

列車は午後遅くに出発し、翌日の正午頃にようやくデリーに着いた。混み合った車内から、疲れた表情をして大きな荷物を持った人々が次々と駅のホームに降り立ち、歩いていく。忙しげな足音と話し声と荷物がぶつかり合う音と、音の割れた早口の構内放送とが混じり合い、ざわついたなかに私も降り、昨日の彼がいるだろうかと注意しながら歩き出した。ひどく混み合っているし、彼ら家族の乗っていた号車や席を聞いたわけでもない。第一デリーで降りるかも知らないのだ。

ふと視線を感じて顔を向けると、茶色い巻き毛の彼がそこに立っていて、少し笑って「Bye」とひとことだけ言った。そして雑踏に紛れていった。

今でもそのときの彼を思い出すことがある。

あの人は、私の誰だったのだろう。

浮浪者のふたり

スリランカのコロンボで、オートリキシャと呼ばれるタクシーから、明るく晴れ渡った空と都市の風景を見ていたら、道端にふたりの浮浪者が見えた。

夫婦だろうか、女の人が男の人の頭の、たぶんシラミを取ってあげているらしく、足を投げ出して座り込んだ男の人が、いかにも甘えたようなしぐさで、ぼさぼさの頭を女の人に差し出している。女の人は細い指でやさしく男の人の髪をかき分けてあげていた。

ふたりともげっそり痩せこけて、黒くすすけていて、汚れた襤褸（ぼろ）をまとっていて、一見して浮浪者と思われるけれども、ふたりのようすはそれはそれで一幅の絵のようでもあって、だからなおのこと胸が潰れる思いがした。

なんといえばいいのだろうか、お互いを信じ、慈しんでいる感じが伝わってきて、束の間の幸せを全身で受け取っているようにもみえた。

誰であっても浮浪者になりたくてなる人はいない。だからあの人たちもなりたくてなったのではない。私も今はなっていないだけで、なる可能性は決してゼロではない。

しかし、あの人たちは家やものは持っていないかもしれないが、人間の幸せとは本来ああいうことではないかと思う。

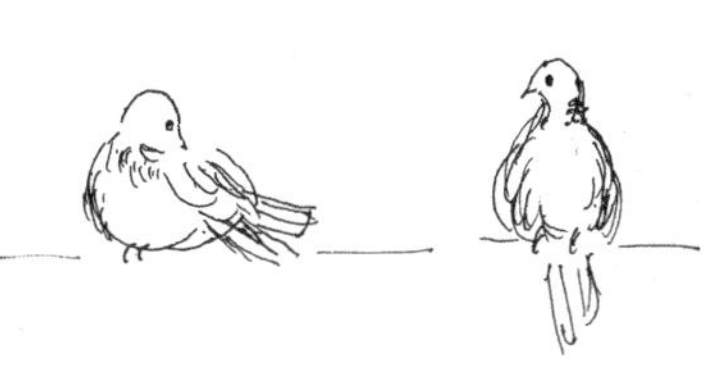

生きる喜び

生きることと仕事することは別なのであった。

仕事ばかりしていると生きることを忘れてしまう。生きる喜びを享受できない。仕事をしすぎると生きている気がしなくなる。生きるということがなにかわからなくなる。仕事イコール生きる、ではない。仕事をしすぎていると、日々変化する体の痛みでかろうじて生きていることを自覚する。朝起きて、ああ今日も生きていた、と思うこと自体が異常だと思う。

旅に出ていると、朝、目が覚めて、朝ぼらけを感じて、朝の日ざしを浴びて歩いて、空や周囲や地面をよく見て、そこに小さな世界を見つけて、日中を過ごし、夕方の光のいちばん美しい時間を知って、その時間を楽しむようになる。キプロスではそれは十七時から十九時の間だ。

仕事は生きる上で絶対に必要だし、仕事が人生の大半の時間を費やすものであることは確かだし、かつそれだけの価値も充分にあるけれども、仕事イコール生きる、では決してない。

異国の空

ある秋の初め、オランダに住んでいる友人とメールでやりとりをしたときに、彼女から短い用件とともに、「本日はすごい強風でした。車窓からのちぎれ雲です」とあって、一枚の写真が貼付されていた。その写真には、灰色がかった白い雲が地面に触れんばかりに広がっていて、雲の合間からは明るい青空がのぞいていたが、雲の下のまっ平らな大地と地平線は雲に対比するかのように黒々としていた。

その光景を目にして、ふいに私はふた月ほど前に訪れたサハリンの空を思い出した。彼女と同じように私も列車の車窓から、白い大きな雲の群れが次々と、広く平らな地平の向こうからやってくるのを見ていたのだが、快晴のその日、雲は陽光を浴びて光り輝き、地上の草原も木々もきらめいていた。透明感と清潔感に満ちたその光の感じに覚えがあって、しばらく考えて、信州の高原の夏の光であったことを思い出していたのだ。そして、異国で列車に乗りながら、空を見ていた友人の心のうちを思った。

そのことを返事に書いて送ると、彼女は「(オランダは)なにせ平らなので、空がすごく広いのです。季節の移り変わりは今の今まで温度や匂い、音だと思っていたのですが、光で感じとるということもあるんだと気づきました。(中略)光を感じるのが、広い空だったりします」と書いてきてくれた。

彼女とは一時期同じ職場にいたことと、同郷の出身ということくらいしか共通点がない。お互いの私生活についてもほとんど知らない。しかしふとした折りにこうしたやりとりを気兼ねなくできる人を、友というのではないかと私は思う。

キャンディまで

スリランカの首都ムンバイからキャンディに移動するのに駅で切符を買い、ホームに出て待っていたが、列車は時間になっても来ない。しかし時間どおりに来ないことなどここではふつうなので、乗り遅れていないかぎりのんびり待っていればいい。待っている人々はホームの縁に横並びに立ち始める。ほとんどが男性である。

長い間待って、重そうなディーゼルカーが大きな音を立ててやっと来たと思ったら、男たちは列車が停車する前から我先にと飛び乗り始めた。彼らは皆大荷物を持っていて、それを開いている窓から車両に押し込んで、後から自分も飛び乗る。まるで映像で見た戦時中の光景のようで、思わず写真を撮っていたら、夫が少しでも空いている車両に向かって走り出したので、私も慌てて追いかけた。

列車が来れば乗れると思っていたのが甘かった。どこか遠くからやってきた列車らしく、すでに人で満杯で、乗れないかと思って冷や汗が出る。とにかくがむしゃらに押しまくる。夫も私の後ろから乗って、なんとかふたりとも乗れたのはいいが、今度はなかなか発車せず、暑くて汗がだらだら出る。このまま三、四時間はかなり厳しいと思うが、列車が動き出すと風が入ってきて涼しくなった。

列車のドアはそんなことで到底閉まらないので開けっ放しで、若い男性は手すりにぶら下がっている。結構なスピードで川の跨線橋などを渡るのにこわくないのだろうか。私は床に置いたザックが振動で人々の足の間から外へ転がり落ちるのではないかと不安で、片手でつかんでいるのに必死である。二、三駅停まっても誰も降りず、妙な体勢のまま一時間ほどが過ぎたが、途中でどっと降りてだいぶ空いて床に座れるようになった。

そうして揺れている列車の連結部に座って外からの風を受けていると、とても気持ちがいい。すぐ外は緑で、ヤシやブーゲンビリアやユーカリのような木が茂っている。列車の速度は遅くなってガタンガタンとゆっくり走る。高地に向かっているらしく、斜度が出てきたようだ。私の側からはわからないが、反対側の乗車口に座っている外国人カップルの向こうに山が見えている。両側のドアが開いたままなので、駅に停まると人々は両側から乗り降りする。ホームは両側にあるところもないところもある。

最初列車が走り出したときは田園だったのだが、空いてからはずっとジャングルだった。ときどき風に花の香りが混じっていて、これはいつの季節の香りだったかなと思う。海外に来ると日本とは季節が違っていたりするので、一瞬戸惑ってしまう。よい香りはいい気分を呼び覚まし、心が開放される。この香りは暖かい春よりもう少し季節が進んだ四月下旬か五月頃、新緑の時期の香りである。空気は涼しい。そういうときに夫が、こういうところに夏に日本にいたヒタキなんかが渡ってくるんだよと言う。これは鳥にとっても快適だ。今は日本は冬だし、猛烈に寒いだろうと思い出す。

床に置いたザックの上に座って心地よい風を受けながら、この一瞬は今このときだけのもので、同じときは二度とない、と繰り返し思う。以前はそんなことを考えずに、もっと純粋にこの一瞬を楽しめたし、考えたとしても、また来ようと思えばいくらでも来られるし、まだいろいろできると思うようにしてネガティブな感情を即座に打ち消していたけれども、決してそうではないと知るようになってからはその考えが払拭できなくて、いつも暗い気持ちでいる。頭ではそのことをわかった上で、一旦脇に置いて今を楽しまなければいけないとわかっているのだが、それがうまくできなくなっているのが無性に残念である。

しかしそれこそが老いるということなのかもしれない。それはその年齢になってみないとわからないことなのだ。年を取らなければ実感できないことがあるということだ。

途中の駅がまたよい感じである。田舎駅でオレンジ色のコスモスに似た花が咲いていて、そこに駅の看板が突っ立っていたりする。ボダイジュの幼木も育っている。ホームには水道の蛇口があって、足の不自由な人が歩いてきて水を汲んで去っていく。立っている駅員がいて、笑いかけると彼もにっこりする。列車はしばらく駅に停まって、またゆっくりとわからないくらいの速度で動き出す。

周囲の風景が岩がちになってきて、そこここに巨大な岩が露出している。列車は目的地に向かっていく。そうして夕刻キャンディに着いた。

物事の理

今、夕方の十七時半、澄んだ花の香りが窓から入ってくるなかを走っている。

チリのドメイコ渓谷からコピアポの町まで数百キロ、砂漠をただ眺めているだけでは惜しく、かといって写真に撮っても後で見れば同じように見えてしまうし、今見ているものの本質は残せない気がして、砂漠を車で走っているこの光景と時間を手で描いておきたくなって、旅の途中で買い足したスケッチブックを出してきて描く。茶色いザラ紙でペンのインクがうまくのるか心配だったが、思いのほか描きやすい。

描いている間にも、今見たものがものすごいスピードで背後へと過ぎ去っていく。描こうとした景色、山のかたちも次の瞬間には変わってしまうので、目にしたときの印象で、ページをめくっては大地の輪郭だけを線でどんどん描いていく。それでも全然間に合わない。間に合わなくてもいいから次々描いていく。完璧でなくてもいいからとにかく描いていく。描いているとまろやかな山が多い。ところどころですごく美しい砂丘がある。とんがりコーンのような山頂、チョコレートヒルのような山塊。

描きながら思う。二、三十代の頃は旅に出ると、「いかに生きるべきか」とか「なにをなすべきか」といったことを繰り返し考えていたけれど、そしてそれが自分にとって重要な課題でもあったけれども、五十代の今はもうそんなことは考えもしない。今は旅に出ると、「ああ、そういうことだったのか」と、繰り返し思うようになった。

それはその国の現実だけでなく、「世界とはこうなっているのか」とか「人間とはこうだったのか」と、頭では理解していた事柄が腑に落ちる瞬間、学んできたひとつひとつの点が一本の線でつながっていく感覚があって、いわば物事の理（ことわり）を実感する。

人はいつも同じ地点にいないし、生きてきた経験も思考も積み重なって、少しずつ進んでいく。それだけ私の人生のときが経ったのだ。

浮遊する魂

風に吹かれて夕方のジャングルをジープで全速力で戻っていく。

木々がやさしいゆるやかな曲線を描いて頭上に枝をさしかけている。夕日がネパールのジャングルの木立にももう入り込んでいて、顔をなでていく夕風が心地よい。今日一日かけて見たロビンやカワセミやブルブルなどの鳥が目の前を一直線に横切っていく。

広々と草原が広がり、サラノキの疎林が梢の新緑を泡立たせるようにして縁どっている。夕暮れの明るく白っぽい淡い光があたり一面を覆っている。ヨシキリか、ススキに似た草に点々と止まっている。ダートを走る車のガタガタ音、吹き過ぎる風と鳥の声、新芽の朱と黄緑の色、パラパラと落ちてくる花びら、葉脈を残して透ける光線、枝先に長くぶら下がるコケ。

草原を過ぎて森に入ると、湿った梅雨の匂いがして、重たい花の香りが漂って、葉の緑の色が濃くなる。草原とは違う森の表情である。これらもまた自然のなかで何度も見てきた光景で、なま暖かい空気、白い花の甘い芳香、まとわりつく湿気も懐かしい。

そうしたものだけがある場所をただひたすら疾駆している。これ以上の幸福があるだろうか。周囲を流れ去る自然を見つめ、そして目を閉じて風と光をまぶたに感じていると、魂が浮遊していく。

いつか命が尽きるときも、このような感覚であってほしい。

ロシア　カムチャツカのおばさん

カムチャツカのおばさん

キッチン用品店のおばさん

ロシア極東地方、カムチャツカ半島の中心地、ペトロパヴロフスク・カムチャツキーには大きな市場がある。入口から扇状に広がる場内は、一階が食料品、二階は日用品売場に分かれていて、売場をつなぐ通路には土産物屋や軽食スタンドなども並んでいる。

二階にあるキッチン用品店で、パン屋を営む友人に渡すクロス類やクッキー型を探す。レジに立つ店主のおばさんは、色白で大柄で美しい人である。私たちが日本人だと知ると、引き出しから娘の写真を出してきて、日本で歌手をしていると嬉しそうに見せる。そして日本製の道具はどれもとてもいいと褒め、包丁や鍋の利点を説明してくれる。英語はほぼ皆無でロシア語でどんどん話すが、なんとなく言っていることはわかる。日本に娘がいるから日本が好きだし、日本人によくしたいという気持ちが、おばさんの話し方や態度から伝わってくる。

私がロシア語の「こんにちは（ズヴドラーストロチェ）」をうまく発音できないでいると、何度も繰り返して教えてくれる。挙句、ズヴドとロチェの間のラーストは省略してもいいと言う。ズヴド、ラースト、ロチェの三音節で長ったらしいわよね、というようなことまで言って慰めてくれる。

さらにはもっと簡単な「パカ」という挨拶を教えてくれる。たとえば小さい子に「パカパカ！」というように使う。バイバイみたいな意味らしい。ニュアンスはちょっと違う気もするが。以来この「パカ」を使うと、たいていの人はおかしそうににこっと笑って、「パカ！」と返してくれる。パカの威力絶大である。数年前にロシアを旅したときも英語がまったく通じず、ダー（はい）とニエット（いいえ）とスパシーパ（ありがとう）だけですべてを乗り越えてきたが、今回はパカで安泰だ。

おばさんは、何日間滞在するのか、これからどこへ行くのか、などと聞いては、ロシア語での答え方も教えてくれるが、とても覚え切れない。

別れ際、おばさんはまた娘の写真を出してきて見せ、名残惜しげに私を力強く抱きしめてくれた。たぶん日本人の私を、日本にいる娘の代わりに抱きしめたのだろう。やわらかくて温かかった。

ネッカチーフのおばあさん

市場の二階のコンコースにはパンやドリンクを売る店やベンチがあって、買い物の合間に休憩できるようになっている。

パンの他にもお菓子やピロシキがどっさり並んだ店に近寄ってウインドウをのぞき込んでいたら、店の前のスタンドで立ったままコーヒーを飲んでいた、頭にネッカチーフを巻いたおばあさんが、小さく親指を立てて、この店いいよ、のサインを送ってくれる。

それで、中身の知れないピロシキ二個とお菓子を買って、おばあさんの隣のスタンドにお邪魔する。言葉は通じないので、お互いもっぱら表情だけでやりとりする。

おばあさんは節くれだった手で紙コップを持ち、時間をかけてコーヒーを飲んで、飲み終わると杖をついてゆっくりと遠ざかっていった。ここで飲む一杯のコーヒーは、市場に来た日のささやかなお楽しみなのだろうか。

売店のおばさん

パン屋の向かいには、駅のキオスクのような売店がある。店先のガラスケースにはバッジやキーホルダーや置物などの土産物も少し置いてある。

なかにキツネがくるりと丸まって、体から顔だけを出している、掌に握れるほど小さな象牙色の彫刻品があった。店のおばさんに、これの素材は石、それとも動物の角？と聞くと、手ぶりで説明しようとするので、こちらも、こういうの？と頭から角を生やす身ぶりをすると、そうそうと頷く。そして店内に飾ってあったトナカイの写真を見つけて、これ！と嬉しそうに指さした。

トナカイの角細工はその後も別の店で見たが、私が買ったこの店のキツネがいちばんいい。これを彫った人は、素材となるトナカイの角をよく見てよく考えて、それに合ったものを作っている。丸く削った側面の、灰色と茶色と黒の模様の出方が、ちょうどふかふかの尻尾のようにみえる。キツネのつぶった目や耳のとがり具合もいい。キツネのことをよく知っていて、かつ手にした素材をうまく生かして作っている。精巧な作りではなく少し稚拙だけれども、それがいい。作った人の心が伝わってくる。自分の体に半分埋もれて安心しているキツネの表情もいい。これはいいものだ。

どこにいいものがあるかは自分で見てみないとわからない。

ハスカップのおばあさん

市場の場外で露店を開いているおばさんもたくさんいる。歩道に敷物を敷いてその上に安手の婦人服を並べている人もいれば、畑で採れたベリーや花を売っている人もいる。

押し売りすることもないし、お隣の店同士でおしゃべりしたりしているのだが、客が立ち止まると、にこにこと話しかけてくる。

私が立ち止まったのは、道路脇の石垣の上にハスカップの入ったカップを並べていたおばあさんの店だった。

雨の夕方だから、青いネッカチーフを頭からすっぽり被って、早く売り切ってしまいたくて、一生懸命売り込んでくる。初めはなんの実かなと思って、以前サハリンで食べた赤い実のように苦手な味だと困るので、味見をしたいと頼むと、何粒か掌に置いてくれる。一カップ（カップというよりそれはバケツだった）七百ルーブルだと、私の掌に指で書いてくれる。おばさんのセブンの文字の横棒は波打っている。ペンを渡して掌に直に書いてもらっても、同じように波打つ。

それじゃあ頂戴、と言うと喜んで投げキスをしてくれる。ロシア人からの初めての投げキスが至近距離から飛んできたのでびっくりする。しかしそれよりも驚いたのはおばあさんの眉毛で、金髪の眉毛なのに、茶色の眉墨で細く長く書いているので、おかしなことになっている。もとの金色の眉の方が断然いいのにと思う。

おばあさんと別れてから夫にそう言うと、俺は髭の方が気になった、俺よりも濃いくらいだった、でも金色だから目立たなかったと言った。人というのはどこを見ているかわからないものだ。

ハスカップの実は細長く、おせち料理のチョロギのように襞があったりして、日本でよく見る丸い種類とは違っていた。

ホフロマ塗のおばあさん

滞在しているホテルから市場まで行く途中にも生活用品を扱う店がいくつかあって、そのうちの雑貨店は私のお気に入りだった。雑貨といっても女の人が家で使う、たとえば髪止めとかポストカードとかラッピング用品とか置き時計とかマグカップといった類の、ちょっとしたギフトにもなるものを置いている店である。大人向けの生活雑貨だが、子どもが見て楽しいものもたくさんある。背伸びして買ってもらうときもある、そんなお店である。

小さな装飾品はガラスの陳列ケースに収まっており、私のお目当ては初めてこの店に入ったときから決まっていて、ホフロマ塗の小さなつがいのカモだった。

ホフロマ塗は黒漆に金と赤、緑でさまざまな模様を蒔いたロシアの伝統工芸の漆器で、多くはお皿や鉢やスプーンなどの食器類なのだが、このカモの置物にも丁寧に模様が施されている。しかしなぜか周囲を金ピカの七福神や蛇や鯛や小判などの置物に囲まれ、怯えた表情でうずくまっている。

店の主人は銀髪を結い上げた、親切な老婦人で、私たちが何度訪れてもにっこり笑って挨拶してくれる。何度めかにカモを買う決意をして、彼女を呼んでケースを指さすと、瞬時に私が望むものを理解し、つまみ上げて出してくれる。お値段ときたらたったの百五十ルーブルである。

他の雑貨もくまなく見て、青いガラス細工の小鳥も買おうか迷う。こういうガラス細工、昔よく縁日で売っていたなと思う。私は首に鈴をつけた青いバンビを持っていて大好きだったのだが、脚が一本欠けてしまって悲しく思っていた。あれはいったい今どこにしまってあるのだろう? その頃から青いガラス細工に弱くて、あの瑠璃色を見ると不思議と引き寄せられてしまう。小鳥はイスラム教圏で見かける魔除けの目を胴に付けている。こんなおもちゃばかり買ってはものが増える一方だと思い、棚に戻したが、え? 買ってくれないの? と、こちらを横目で見る鳥にやられて買うことにする。

ついでに髪ゴムも買ってしまう。手作りの花飾りがついたゴムである。店主は他にもあるわよと出してくれるが、全部見て断る。日本では髪ゴムなど見向きもしないのに、前もマレーシアの露店で買ってたよねと夫に指摘される。赤いイチゴの飾りのついたゴムで、いつも髪を結わえている友人へのお土産にとか言いながら自分の分も買った。

おそらく私が手にしたそれらは、子どもだった頃に持っていたものに似ているからだろう。外国に来て、こうした懐かしい品々に出会うと、嬉しくなってつい買ってしまう。これはただのノスタルジーだろうか。それとも私はあの頃からまったく成長していないのだろうか。あるいは人の好みは幼少期にすでに形成されてしまうのだろうか。大人になってからも、いろいろなものに触れてきたはずなのだがなと思う。

無論、今は各国の宝石や伝統的な手工芸品など、より高価でより精緻な品々にもついついするすると手を伸ばしてしまい、伸ばした手を押さえるのに苦労する。これまで自分がどれほど散財してきたか、もはや考えたくない。なんのことはない、人の好みとは一生を通じてさして変わらず、縁日で買ってもらったプラスチックの指輪が、本物の宝石の指輪を自分で買えるようになっただけのことなのだ。だからいまだに青いガラス細工は好きだしイチゴの髪ゴムも好きだ。そこに金額の多寡による価値の差はほぼない。

店主は電卓でひとつずつの値段を見せながら計算してくれる。全部で四百九十ルーブル、バケツ一杯のハスカップよりも安かった。

浜辺のおばあさん

ホテルから海岸へと向かう道は緑の並木道で、それだけでいい気分である。楽しく花の写真などを撮りながら歩く。道をそれて淡い新緑の林をゆく白い箱を持った子どもがふたり、まるで絵のようだ。

並木道を抜けると海が近づいてくる。後ろを振り返ると、この街に滞在してから毎日どこかしらから見えている、鉄塔の建つ山が見える。海が見えてからもしばらく歩いてようやく海岸に出る。本当に海まで歩いて出られるかなと思っていたが、出られた。

ゆるやかに湾になった白い浜辺で、空も海も灰色に濁っているが、波は静かである。右手には港湾施設があって、停泊していた大型船がまさに今、出航してゆく。ゆっくりと航行して湾の外へと小さくなっていくのを見送ってから、人々のいる左手の波打ち際へ向かう。

大きく弧を描く浜辺に沿って、おじいさんがふたりで釣りをしたり、家族が連れだって散歩をしたりしている。どの国でも浜辺にいる人は静かに海を楽しんでいることが多い。大きなカレイを釣ったおじいさんもいて、ビニールに入れた魚を小さな孫に自慢して見せているが、孫はこわがって逃げている。

後ろから歩いてきた家族連れが、こんにちはと日本語で挨拶してきたので、こんにちはと返すと、父親が娘に向かって、どうだ、俺の日本語が通じたぞと得意げなようすをする。母親はこちらを振り向いて笑いながら、困った人よねというふうに顔をしかめてみせる。いい家族である。

砂浜ではなく石の浜辺なので、つい足もとの石に惹かれて拾い出す。瑪瑙のようであって瑪瑙でない、半透明の白い石である。かがんで拾っていると、誰かが突然話しかけてきた。顔を上げると、大柄で人のよさそうなおばあさんだった。

ロシア語でどんどん話しかけてくるので、うんうん困ったな、日本人なんですと言ってもおかまいなしである。文字なら少しはヒントがあるかもしれないと思って、持っていたノートを差し出すと、7〇〇〇、11〇〇〇と書いて、手で大きい子、小さい子、という身ぶりをしたので、きっと七人の子と十一人の孫がいるという意味だと推測して、それはよかったとにっこりすると喜んで、あなたたちはと聞く。自分たちふたりだけだと答えると、少し残念そうに、そうなのと頷く。

名前を聞くと、これもさらさらっと書いてくれるが、当然のごとく読めない。発音も難しく、イライッダ、イライッダと何度も大きな声で名乗ってもらう。はたから見たら相当奇妙な光景だろう。私たちの名前は簡単らしく、イライッダはすぐ覚えてくれる。

それからなんとかこちらの気持ちを伝えようと、カムチャツカ、ハラショー（すばらしい）と言うと、あはははと口を開けて笑う。笑うとずらりと金歯が見える。一本だけ金歯なのではなく、数本の前歯の先端だけがみごとな金歯なのである。イライッダはまっ白なダウンジャケットを着て、髪もお化粧もきれいにしていて、裕福なご婦人のようだ。白いダウンに金色がよく映える。

それから彼女は、お邪魔したわね、ゆっくり楽しんでというように言って、別れていった。どこまで行くのだろうと見送っていたら、遠くで釣りをしている家族に合流して、浜辺の流木に座って海を見ていた。

バス停のおばさん

浜辺で石を拾いながら散歩した後、市場までバスに乗ってみようと夫と相談する。東西に長い街をつなぐ大通りには1番のバスが走っている。一昨日、湖の近くの民族博物館に行った後、市場まで探検がてら数時間かけて歩いたときにも、1番バスがひっきりなしに通るのを夫は見ていたそうだ。

それで湖より市場に近い海辺のこの停留所にも1番が来るかなと言いながら待つ。しかし他の番号のバスも来る。21番、26番なども市場まで行きそうな気がする。市場が街の中心だから、どのバスも行きそうなのだが、時折違うバスが混じっているようで、間違ってあさっての方向に行ってしまうのがこわい。なんといっても言語がほとんど通じないのだから。

そこへおばさんがひとりやってきた。ここ数日でカムチャツカの女の人は親切だと学んだので、思い切って尋ねてみる。まず英語のガイドブックの地図を見せ、マーケットの英字に併記されたロシア語を指さして、ここにバスで行きたいんだと訴える。

黒髪に黒い上着の真面目そうなおばさんはふんふんと頷き、そこへちょうど1番のバスが来て、おばさんは私についてきなさいと手招きして乗り込んだ。彼女は日本と同じタッチ式のカードで乗車し、運転手に聞いて、私たちにここにお金を入れなさいと身ぶりで示す。ひとり二十五ルーブル。丸いボウルにちゃらりとお金を入れたのを見届けると、おばさんはさっさと席に座り、くるりと振り向いて後ろの席の緑色のコートのおばさんになにやら話しかけてから、私たちに、この人は市場まで行くからついていきなさいと（思われることを）言う。緑のコートおばさんは、了解したというように頷いてくれる。やれやれこれでひと安心だ。

ゆるく坂を上がって少し高台を走るバスの窓からは、淡い新緑の林の合間に家並みが広がっている。この町にまだ数日しか滞在していないが、何度も歩いた道のりなので、景色にも馴染みがあり、あの交差点だ、あの教会だと懐かしい気持ちになる。知らない街に住み始めた頃、日が経つにつれてだんだんに街が自分のものになっていくのと同じような感覚だ。こうして地元の人たちと揺れるバスに足を踏ん張って乗っていると（バスは満員だった）、このままこの街に住み続けていく錯覚に、ふととらわれる。

黒髪のおばさんは自分の降りるバス停に着くと、私たちにかまわず降りていってしまい、お礼を言う暇もなかった。市場に着くと、緑のコートおばさんは、ここだと言ってバスを降り、あの建物だと教えてくれる。ここまで来ればわかるので、どうもありがとう、どうぞお先にと言うが、おばさんは心配なのか、別れた後も私たちが追ってくるのを待っている。急いで追いつくと、やっと安心したように市場に入っていった。そして人々で混み合うお菓子売場を抜けていく緑のコートの丸い背中が最後に見えた。

トレンチコートのおばあさん

何日間も街をうろついていたのには理由があって、山に登るはずが、連日の雨続きで行けずにいたからである。ついに山行を決行した日もまた朝から雨であった。現地ツアーの集合場所に着くと、雪上車のようにごつい巨大なキャタピラ車が待っていた。

二時間ほど郊外を走って森へ入り、歩き出した登山道は、数日間降り続く雨のせいか、おそろしいほどの泥道である。周囲の樹林にはダケカンバが多く、黄色いミヤマキンポウゲや紫のチシマフウロが咲いている。

同じ車でやってきた登山者の多くはロシア人である。皆それなりに山の装備だが、相当いい加減な人もいて、ある痩せた老婦人は、トレンチコートにビニール製のショッピングバッグ、靴は街用の短靴というでたちで、すたすたと歩いていく。傘もささない、目も合わさない、口も利かない。ほぼ誰ともかかわらずに、すたすた歩いていく。

山はいわば残雪期の北アルプスと同じ状況で、雨は降ったり止んだり、やたらと蒸して湿っぽく、足もとは雪と泥でびちゃびちゃ。途中何度も雪渓を横断し、周囲はガスでまっ白になったかと思えば急に広々と視界が開ける、の繰り返しで、おまけに沢沿いの道は蚊だらけである。しかしこれしきのことで老婦人はまったく動じない。

一旦登り切った湖で小休止し、大雪渓を渡り、さらに高度を上げて再び大きく下ると激流に至った。雨が降り続くなか、まさかこの大増水中の沢をロープもなしにやみくもに徒渉しろというのだろうか。ガイドは対岸に目的地の滝があるとつぶやくが、もはや滝などどうでもいい。一刻も早く下山したい。老婦人はと見ると、ずぶ濡れの無表情で濁流を見つめている。ロシアにおいては民衆は常に指導者に従うのが絶対であって、遭難手前の山であっても同様なのだろうか。一行の不穏な空気を察したのか、ガイドは前進を諦めた。

下りは別の沢筋に入り、残雪の道を下っていく。雨は小止みになって光が出てきたせいか、道の状態も次第によくなり、登りで休憩した湖まで無事戻ってきた。同じ湖とは思えないほど湖畔の木々は明るくそよぎ、湖面にはさざなみが光っている。

老婦人の足もとはだいぶ汚れているが、手には変わらずビニール袋を下げて、ペースも変わらず、疲れたようすもなく、無言ですたすたと歩き続けている。おばあさんは山育ちなのだろうか。それとも幼い頃から体を酷使して働いてきたのだろうか。なにかロシアの底力を見る思いである。

夕方の五時にようやく登山口に帰り着き、ランチボックスを受け取る。中身はニンジンサラダ、ポテトサラダ、イカハンバーグとポテト、サラミ、黒パン二枚とコーヒー、焼きチーズケーキだった。夕方の蚊がうなりをあげる野外で食べる元気はなく、雪上車の車内で暮れゆく森を見ながらぼそぼそと食べたが、老婦人も自分の席に座って、黙々と食べていた。さすがに少し疲れたのかもしれない。

英国　湖水地方の秋

湖水地方の秋

オークの船

湖面に、オークの葉が浮いている。

乾いて丸まった葉は沈みもせず、船のように軽々と湖面に浮いて、あるかなきかの風の動きに合わせて、かすかに動いている。

水が透明で水中がよく見える。よく見えるけれども底までは見えない。突然静けさを破って二羽のカモがザザザザザ……と水音を立てて飛びたっていく。葦がサワサワサワ……と風に揺られて音を立てる。岸には農家があって牧場があって、羊がこちらを見ている。こちらを見ている羊も、草を食べている羊も、止まったまま動かない。朽ちた桟橋に古いボートが並んでいる。両岸に生えている木立の葉はうすい黄色、うすい緑色、そして茶色をしていて、見ている間に散っていく。目の前に降ってきたのを取ろうとするが、手をかすめて湖面に落ちてしまう。そしてまた船になる。

朝早く、ボートに乗って湖に出た。

朝の湖は広く平らかに静まり返っていて、曇り空を写して青灰色で、尖った鉛筆で丹念に引いた線のようなさざなみがどこまでも続いている。その線上をボートが走ると、さざなみは細かい線の集まりになったり、またつながって細い線になったり、少しずつ表情を変えていく。

両岸の森や建物はぴたりと静止して湖面にその姿を映し、水鏡のなかにもうひとつの世界をつくりだしている。そうして湖を南端まで行くと、オークの葉が散る小さなよどみがあり、その先は川になっていた。

このただならぬ静けさや平穏さは、そう簡単にはない。

でも一度だけ、これと同じような光景と静けさを味わったことがある。それは北アルプス北部の谷を黒部湖まで下り、平ノ渡という船着場でその日最後の渡船を待っていたときだった。同行者は落とし物を探しに山へ戻り、ひとり湖畔に残って、白い砂地に横たわる流木に腰かけて、鳥すらいない青灰色の湖面を長いこと眺めていた。このときも尖った鉛筆で引いた線のようなさざなみが音もなく立っていて、こんな静けさが地上にあるのかと、悪路の連続で疲労困憊した身体をよそに、冴えた頭の一点で思ったのを覚えている。

あれと同じ静けさに何万マイルも離れたイギリスのコニストン湖で再会しようとは思ってもいなかった。これは湖という特殊な空間によるものだろうか。激しい水の出入りのない、静かな大きな水たまり。風に湖面を揺らすことはあっても、またすぐ静まり返る、決して動かない存在。水だけでなく時間をも止めたかのような永遠が、オークの船の形をしてそこに漂っている。

湖水地方の秋

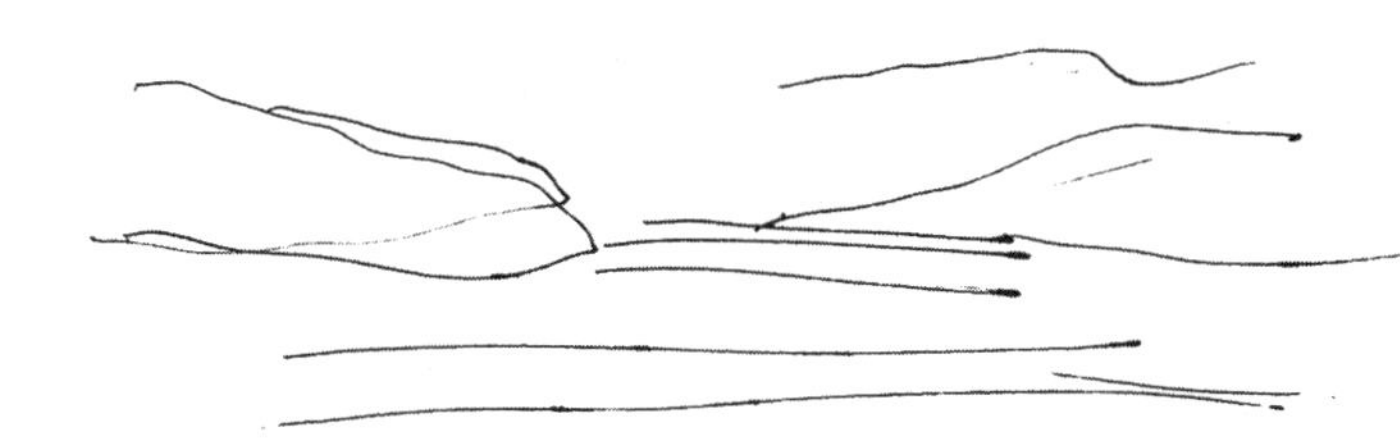

フィルとドレイクと片方手袋

時折光が射して木々が美しく光っていた小島を離れ、帰航し始めるとすぐ、湖上は寒々とした時雨模様になった。私たちは慌ててフードをかぶり、持っていた服を全部着る。雨だか水しぶきだかわからない冷たい水滴が顔に当たってくる。さっきまで見えていた湖畔の山々はすっかり雲に隠れてしまった。降ったり止んだり、こうして一日のうちにめまぐるしく変わる天気を、スコットランドでは「ドレイク」というのだと、ボートを操るフィルが教えてくれる。

ドの音に力を込めて、手を振り上げ、太い声で「ドレイク!」と言う。私たちも真似をして大きな声で「ドレイク!」と繰り返す。「ドレイク!」「ドレイク!」寒さをこらえて「ドレイク!」。そうだ、スコットランド人はなんでも強く短く発音するんだ。「ドレイク!」「ウィスキー!」とね。フィルの言葉に、頑固で髭もじゃのパイプをくわえたスコットランド人を思い浮かべる。がやがやとしたパブかどこかで、そうした男たちの間に挟まって野太い声に顔をしかめている、物静かなイングランド人のフィル。フィルは座席の下をがさごそと探って自分の手袋を取り出し、私たちに差し出した。一対しかないその手袋を私たちは片方ずつ借り、両手を入れて暖まった。やがて雨は止み、帰りは湖畔の道を歩いて町に戻るといい、というフィルの提案に従って濡れた桟橋に上がった。お礼を言って手袋を返すと、フィルは再び座席の下にそれをしまい、そのまま凪いだ湖面を艇庫へと滑るように去っていった。

スレート

スレートってずっと金属の板だと思っていた。なにかとなにかを合成した板かなとか。スレート葺きという言葉は聞いたことがあったから、屋根用の建材だろうとずっと思っていて、まさかそれが一枚の石だとは思ってもいなかった。コニストンの山道で、カタカタとカスタネットのような軽い音をさせる石がそれで、拾い上げると青白く、表面がつぶつぶとして、平たい。

　たしかにこの町の古い家は屋根だけでなく壁も塀もスレートだし、裏庭の納屋も、小沢の橋も、どこまでも続いている羊の牧場の境界線も、気がつくとスレートでできている。山の頂にあるケルンだってスレートだ。そのどれもが長い年月を経て黒光りして、積まれた石はもはや岩の表情をして、すき間からは草やコケが生えている。

　この町でスレートは裏の山で採れる便利な石で、あるから使うのが当たり前の石材だった。そこで採れた石を使って家を造り、飼っている羊を食べて暮らす。ついこないだまで、ある意味原始的な生活がここでは行なわれていたのだ。もしこのあたりから古代人の遺跡が出てきたら、その斧の先についている石はスレートに違いない。いや、そうした生活はここだけでなく世界中で行なわれていたのだ。

　本当は単純な話なのに。いろいろと複雑になってしまって。

私的地図考

　イギリス人は歩くのが大好き。コニストンには湖と丘とその周辺につけられたフットパスを歩きに来た人でいっぱいだ。そしてイギリス人は歩くためのガイドブックも大好きだ。旅行案内所はもちろん、博物館から土産物屋からドラッグストアに至るまで、あらゆる場所にあらゆる種類のガイドブックが置いてある。置いてないのは酒場とレストランくらいだ。

　日本でもガイドブックの多さには驚くが、イギリスも負けていない。とにかく数が多すぎてどれがいいのかわからない。それでも見ていくうちにわかってきたのは、日本のガイドブックはとにかく懇切丁寧で細かい情報が満載だけれども、イギリスのガイドブックは地図と文章だけという、いたってシンプルなつくりであることだった。

　特に地図に特徴があって、どの本も地図には趣向を凝らしてある。そのほとんどが簡略化されたイラスト地図だが、見ているだけでも楽しい。どうやら彼らがガイドブックに求めていることは、現地での正確さや実用性ではなく、その場所がだいたいどんなふうな空間で、どんなふうに楽しいかをあらかじめ知っておきたい、ということのようだ。行き先の全体像を把握することは歩く上でとても大切な感覚であって、それさえできれば、大まかなことしか書いていなくても、そこに想像の余地があって、ぜひ行ってみたいと思わせてくれればいい。後は自分が歩けばわかる、という歩く旅の基本をイギリスのガイドブックは思い出させてくれる。

教会のポポーポ

コニストンの人はみんなしてよく、ユーツリー、ユーツリーと言うので、「あなたの木」？　そんな名前の木がイギリスにはあるの？　と聞くと、YouではなくYewだった。コニストンにはユーツリーがたくさんあって、ユーツリー ファーム（ユーの木農場）とかユーデイル（ユーの木谷）とかユーデイルターン（ユーの木谷湖）とか、いろいろな名称に使われている。そもそもユーツリーはヨーロッパでは神聖な木で、クリスチャンがまだ教会をもたなかった頃、この木の陰で伝道したと現地の木の図鑑に書いてある。コニストンの人も、ユーツリーは実に毒があるので魔除け代わりに教会の回りに植えたんだよと教えてくれる。ユーツリーのことを口にするときは誰もが知っている木という確信に満ちた話し方で、日本でいうところのイチョウとかマツみたいな存在なのかもしれない。いったいどんな木なのか見てみたいと思っていたら、この木だよ、と親切な人がわざわざ教会の敷地に一緒に行って教えてくれた。

それは日本でいうイチイに近く、大木で、針葉樹の細い葉っぱを肩を落とすようにしてへなへなと垂れ下げている。ちょうど木の実どきで、細い葉の間にゼリーのようにやわらかな赤い実をたくさんつけていて、地面にもぽろりぽろりと落としている。その気の抜けた感じは凛とした聖職者というよりも、教会の裏の家に住んでいる牧師さんみたいで親しみ深い。木のてっぺんの方では、ハトがポポーポ、ポポーポ、とくぐもった声で鳴いていた。

バスバス走る

旅に出て美しい風景や見たこともない情景に出会うと、写真に撮りたくなる。しかし写真を撮るという行為の先にある、写真に切り取られた画像とは、私が見たもののごく断片でしかなく、そのときのすべての情景でもなければ、私が感じたままがそこに写り込むわけでもない。たしかにそのときの心情のかけらをわずかに写し出している写真もあるかもしれないが、それはごくまれであって、そこにあるすべての美しさ、私が撮りたかった瞬間、私が心動かされたものをなにもかも写し込むことはできない。もし本当になにかを残したければ、一秒ごとにシャッターを切っていなければならないと誰かが書いているのを読んだが、つまるところそんなことはできないし、する必要もないのであって、今あるすべてを写真として切り取り残すことはできない。よしんば残せたとして、私のような素人がそれを残したところで、ただ残したというだけのことで、後でそれを私だけが振り返って見ることがあるかもしれないという、ただそれだけのことなのだ。実際写真家に、その写真どうするの？　と聞かれたこともあるではないか。なのに今、目の前にある風景を、小雨が降る緑の丘のつらなりを、揺れるバスのガラス窓に押しつけて撮ってしまうのはなぜだろうか。

ふだんの生活でも、時折心を揺さぶられる出来事がある。何度も反芻したくなる嬉しい話もある。気持ちよく笑えるいいこともある。それらのことをすべて覚えていられたら、どんなにいいだろうと思う。そして少しでもそうしたことを記録しておきたいと思う。でもそうした毎日のことは、一瞬で過ぎ去ってしまって、木の葉が水に流れていくように流れていってしまって、いつか忘れてしまう。よしんば覚えていたからといって、それは私のノートのなかだけのことであって、私が死んでしまえば、すべて消えてなくなってしまう。いつかは消えてなくなってしまうことを記録する、覚えておく、残しておく必要があるのだろうかと思ってしまう。どんなにすばらしい人も死んでしまえば、その人の頭の中にあったことは跡形もなく消えてなくなってしまう。そのことが惜しいと思う一方で、自分のような人間がなにかを残したところでなにになるのだと思ってしまう。世のなかの多くの人々の小さなすばらしい出来事は同じようにしてなくなってきているのだから、私だけが残しておく必要があるのだろうかと思う。なにを一生懸命になって残したいと思っているのだろうか私は。それでもそうした人々の少しずついいことが積み重なって今の世のなかをつくっているのだという気持ちも、ある。

フレイクジャックス

町のカフェには手作りの甘いものがどっさり置いてあって、お菓子好きには目の毒だ。誰も食べろと言っていないのに、見るとどれにするか悩み始めてしまう。悩みながら自分が好きなのはどれか、ひとめ見た瞬間にわかっている。チョコにマシュマロとクルミの入ったロッキーロードと全身チョコづくめのチョコレートケーキだ。メレンゲが載ったレモンパイもいいがメレンゲは好きでもレモン味のケーキは好みではない。

いつまでも迷っていると隣に大男がやって来て、ウインドウを一瞥するなり「ワン、フレイクジャックス？　どれのことだろうと探すと、フレーク状のシリアルをトフィで固めた平たいスクエア型のケーキが積まれている。なるほどこれも悪くなさそうだ。見るからにお菓子好きの地元民が迷わず頼んでいるのだから、おいしいに違いない。実は私もこういうシリアル系は好きなのよ。「フレイクジャックス！」と注文した。

聞きたてのフレイクジャックスの発音よろしく勢いよく注文し、ぱくりと食べた瞬間、口の中にむにゃりと広がったのは甘ったるいイギリス的バターミルク味だった。

もう自分の好きなものがなにかわかっている年なんだから、変な冒険しなければいいのに。でも何事においても冒険しないと人間として広がりがないし。とかいって、これ冒険にもなってないし。単なる判断ミスだし。胃袋はひとつしかなく、人生は一度しかない。人間はこうして冒険をおそれ保守的になり年を取っていくんだとお皿の上のジャックを見ながら思う。

中国の田部井さん

コニストンで田部井淳子さんに会った。

他人のそら似というのはよくあるもので、外国へ行くとよく、誰々さんに似ていると思う人に出会う。コニストンで会った田部井さんは中国人の女性で、小柄で、日に焼けて、髪が短く、眼鏡をかけて、丸顔で、少し困ったような笑みを浮かべている人だった。それだけなら田部井さんと思わないかもしれないが、彼女のどこか山慣れた雰囲気、山が好きなだけでイギリスの片田舎に来て、ひとりであちこち歩いて回っているようすが、その服装や動作ににじみ出ていた。もしかしたらエベレスト女性初登頂の田部井さんのように、中国の田部井さんも案外その名を知られた登山家なのかもしれない。田部井さんもひとりでイギリスに来たら、こんなふうに静かにあたりを見回しながら着実な足どりで歩いていくのかもしれない。季節はずれの湖水地方には外国人、特にアジア人の姿はほとんどなく、観光客もイギリス人ばかりだ。そんななかで田部井さんはひときわ目立つ。歩いている途中でばったり彼女と会った私たちは、立ち止まって少し話をした。日本に帰る日の早朝、肌寒い空気のなか、乗り換えのバス停で、じっとバスが来るのを待っていたら、次々とやってくるバスのひとつに田部井さんが乗っていた。田部井さんだ、と手を振ると、彼女は懐かしい人に会ったときの笑顔になって、手を振り返してくれた。田部井さんはまだ幾日か滞在して、山をひとりで好きに歩くのだろう。

開かない土産物屋

何日も同じ町に滞在していると、旅もだんだん日常化してくる。小さな町であればなおさら、毎日の行動パターンは決まってしまう。買い出しに行くスーパー、絵はがきを買うポストオフィス、一度だけ入ったホテルのバー、三回は行った登山用具店。飲み水の銘柄も買い足すクッキーの箱も同じになる。こうして町にあるほぼすべての店を見尽くし、なにがどこにあると知ってもなお、まだ一軒だけ入ったことのない店があった。

ショーウインドウにかわいいバッジやワッペンを並べた土産物屋なのだが、いつ見ても開いていない。つぶれているのかとガラスに顔をつけて中をうかがうが、特別さびれたようすもなく、商品に埃もかぶっていない。同行者と毎日なんとはなしにチェックしていたら、ついにある日その店が開いているのに遭遇した。あっ、あの店開いてる！道路を走って渡り、店に飛び込む。まるで今、鼻先でぴしゃりと扉を閉められてはかなわないというふうに。外から見て、私はあれがいい、私はこれが好きと言い言いしていた小物がさらに種類豊富に並んでいて、嬉しくなってあれもこれもと、店の人も驚くほど買い込んだ。

冷静になってみれば、それらはふだんなら見向きもしない、持って帰っても使いもしない代物だったりするのだ。だのに旅に出るとたがはずれたように買い込んでしまう。もう二度と出会えないかもしれない、いつまた来られるかわからない、今買わないと後悔するかもしれない。それがバッジだの布きれなのだから、我ながらおめでたいこと。

夜中に嵐が来た話

『あらしは、するどい雷鳴とともに襲来し、キャンプ全体のねむりをさました。雷鳴とともに、真昼のようにあかるいいなずまがひらめいた。まるで、熱帯のシュロの木にやどるオウムのむれが、ハリケーンにおそわれていっせいになき立てたかと思われるばかりに、オウムがけたたましい悲鳴をあげた。つづいて、まっくらやみとしずけさ。と、そのとたん、大粒の雨が、ぱたっ、ぱたっ、とテントをうちはじめた。

ティティははじめ気もちわるく、少しずつ目ざめていったが、やがて、はっとして、すっかり目をさました。ティティは、じっとしたまま、片手をのばしてオウムのかごにさわりながら「スーザン。」とささやいた。

「大丈夫よ、ティティ。」と、スーザンがいった。』※

夜、ベッドに入って本を読んでいたら、いつもと違う音が遠くから聞こえてきた。耳を澄ますとがたがたとガラス窓が鳴る音がする。夜中になって急に風が出てきたようだ。

すきま風がすうと入ってきて、ぴったり閉めたカーテンが揺れている。子どもの頃だったら恐ろしくてとても眠れなかった夜だ。いつもこわいときには煌々と電気をつけて寝ていた。こわくなくても必ず豆電球をつけて寝ていた。少しでも明るければ、夜の闇にまぎれて現れるこわいものが出てこられないだろうと思っていたからだ。

それが今、イギリスの田舎の人里離れた銅山跡のコテージで、ひとり部屋に寝てじっと風の音を聞いている。風に混じって雨もガラスを打ち始めた。嵐になったんだな。この嵐は今、すぐそこにあるあの石だらけの山に吹き下ろしてなにもかもを濡らし、山を下りたあの広い湖の湖面を黒く大きく波立たせているのだろう。そのことを思うとなぜか心が落ち着き、気持ちが安らかになる。大人になってこわいものがなくなったのだろうか、それとも自然はむしろこわくないことを知ったのだろうか。

『ティティは、ジョンとナンシイからそっとはなれて、島の南岸を走っている低いがけのふちまではっていき、風をまともに受ける、がけのふちにうずくまった。真下でくだける波のしぶきが、ティティの顔までふきつけられた。いなずまのひらめきで、湖全体が照らし出され、湖いっぱいにひろがって進んでくる巨大な波と、くずれて白いその波頭が見えたかと思うと、またまっくらやみにもどった。すると、またいなずまがぴかっと光って、こんどは、たけりくるう湖をこえた対岸の森や丘陵の姿があらわれた。』※

いつの間にか眠ってしまったらしく、朝方に目が覚めて、つけっぱなしだった電気を消し、もう一度寝直した。窓の外の嵐は収まったようだった。

※（『アーサー・ランサム全集1　ツバメ号とアマゾン号』岩波書店刊）

海と原発

コニストンの湖畔にそびえるオールド・マンは標高でいうと八〇〇メートル程度の山で、岩だらけの淡々とした山なのだが、町の最高峰ということもあって人気が高く、日曜日の山頂は登頂を喜ぶたくさんの人々でにぎわっていた。

　大きなケルンのあるその頂からは、さえぎるもののないすばらしい見晴らしで、なにもかもが手に取るように見える。森に囲まれたコニストン湖が細長く足もとに横たわり、その左手奥にはウィンダミア湖、さらにその向こうにはヨークシャーの山並みまでが見えている。湖の右手にはゆったりと草原が広がり、そのはるか先にモーカム湾があって、海に光が当たっている。あの海の向こうはアイルランドだ。

　ああ、あそこが××だね、と同行のSさんとガイドのシオンが声を低めて話している。それは聞いたことのない英単語で、なんだろうと思っていると、Sさんが「ああ、原発のことなんです。あそこに原発を建てていて、今問題になっているんですよ」と教えてくれた。そして、いやそれは今回の旅には関係ないことですから忘れて下さい、とでも言いたげな表情をした。

　外国人が京都に来て日本はすばらしいと言って帰り、日本人は湖水地方に行ってイギリスはすばらしいと言って帰る。しかしそれは現実の一面でしかなく、そこに生きる人には別の側面がある。

シオンの瞳

コニストンの最高峰、オールド・マンへの登山をガイドしてくれたシオンとは、いくらも話をしたわけでもないのに、一日をともに過ごして山を下りてくる頃には、すっかり打ち解けた気持ちになっていた。犬が犬好きの人を見分けられるように、赤ちゃんが赤ちゃん好きの人に笑いかけるように、人はわかり合える人のことがわかる。

別れ際、シオンはこちらにまっすぐ向き直り、登山家特有の紫外線で色の抜けた瞳で、今日君と一緒に山に登れてよかったと言ってくれた。その顔を見るともういけない。こんなことで泣いてはいけないと思って目をそらすと、シオンの向こうで同行のSさんがそっと顔を伏せるのが見えた。

同じようなことはこれまでにも何度かあった。結婚式の日、家族との別れ際に、姉がよかったねと言ってくれたときも、後ろに控えていた式場のKさんがすっと下がってこちらを見ないようにしてくれた。会社の先輩のお葬式の日も、上司が泣かないんだよと言った瞬間に大泣きしてしまったのを、同僚のYさんはわざと見ないようにしてくれた。人前で泣くのは恥だという気持ちがあって、絶対に泣くまいと思っていても、別れのときだけは別だ。

人が泣いているのを見まいと人が顔を伏せるのはなぜだろう。Sさんの心遣いに感謝しながら、頭のなかでそんなことを考えていた。考えていないともっと涙が出てきそうだったからだ。別れはどんなときも別れであって、悲しくない別れはない。

The North Pole

無理してなにか思わなくていい。光る湖水とか、つがいの鳥が泳いでいく姿とか、湖面に漂う緑の藻とか、湖水にさしかかる木の枝とか、落ちて水に濡れた栃の実とか、そこに立っている葦とか、そういうものを見ているだけでいい。

見ているだけで、それが印象として自分のなかに残ればいい。それだけで充分なんだと思う。だからそれ以上になにかを思おうとしなくていい。

コニストンを離れる前日、私たちは蒸気船に乗って湖を対岸に渡り、最後のフットパスを歩き、湖の北端に達し、そこから両岸に森を従え、はるか遠くまで光り輝く湖面を見た。秋らしい穏やかな風のない一日で、美しいものはなにもかも見える日だった。私は湖水に手をつけ、その温かさを確かめた。

翌朝は車でコニストンを離れた。何度となく歩いた湖畔を右手に見ながら車は走っていく。昨日いた湖の北端が見えてきた。と、「Coniston」という青い道路標識が現れ、道は急カーブして左へ曲がり、湖畔を離れて町を出た。車は急速にスピードを上げ、湖は背後に遠ざかる。私は首を回して振り返り、湖を見る。湖が視界から消えてしまうそのときまで、私はそれを見ていたいのであった。

旅と書物

はなのすきなうし

チリのアタカマの大地に咲く花々で私がいちばん気に入ったのは、ゼフィラ・エレガンスであった。初めて見たときは、なんだろうか、この地面にへばりついた白い花はと思って近寄って見ると、日本では水耕栽培で知られるヒヤシンスによく似た野生種で、あのように茎が太く長くなく、頼りなげな茎にたくさんの花をぼんぼりのようにつけて、か細い葉とともに地表近くに丸くなってうずくまっているのであった。

砂漠ゆえ、強風と水分の蒸発を避けているのだろう。こちらもうずくまって花に鼻を寄せると、まさしくヒヤシンスの香りがする。園芸種のように強い香りはしないけれども、すがすがしい透明感のある野の花の香りである。しかもよく見ると、白い花の外側は淡い青みを帯びている。なんという楚々とした美しさ。

私はひとめでそしてひと嗅ぎでアタカマのヒヤシンスが好きになり、一面に広がるお花畑に文字どおり這いつくばっては次々にその香りを嗅いで回り、恍惚となった。

別の場所には少し丈の高い種もあって、同じようによい香りがする。そこでは地面を匍匐前進する必要がないので、私は花園に座って、風に乗って届く花の香りをうっとりと嗅いだ。こうして花の香りだけを嗅いで生きていられればいいのに。そういえば、自分と同じようなことを思っていた牛がいたぞ。

それは『はなのすきなうし』という、一九三六年に作家マンロー・リーフによって書かれた絵本の主人公である。雄牛のふぇるじなんどはコルクの木の下に座ってうっとりと花の匂いを嗅いでいるのがなによりも好きなおとなしい牛なのだが、ひょんなことからその大きな体と力を買われてマドリードの闘牛場に連れていかれ、闘牛士と闘わねばならなくなる。しかしふぇるじなんどは闘わずして易々と難局を乗り越え、またもとのまきばに帰され、花の匂いを嗅ぎながら幸せに暮らす、という物語である。

子どもの頃家にあったこの絵本を見た私は、画家ロバート・ローソンのモノクロの挿絵が苦手だったため、読みもしなかったのだが、大人になって改めて読むと、これほどまでに共感を覚える本もない。

しかしどうあがいても現実の私はふぇるじなんどにはなれない。だからこそせめてこうして花の香りを嗅いでいられる間だけはと、その澄んだ香りを満腔で吸い込んだ。

はなのすきなうし

ロッテルダムの灯

『ロッテルダムの灯』は母の本棚にずっと入っていた本である。母はこの本の著者庄野英二の作品が好きで、その多くを持っていた。庄野氏は児童文学作家でもあったので、私は子どもの頃から家にあった作品群に親しんでいたが、大人向けの作品は読む機会がなかった。それらは母の本棚に入っていたし、我が家では家族共有の本棚の本は自由に読んでよかったが、親きょうだいの本棚から本を持ってきて読むという行為は無言のうちに許されていなかったのである。

それで私は母の本棚に並んでいるタイトルだけを見ていたのだが、なかでも印象的なタイトルは『ロッテルダムの灯』だった。どんなお話なのだろう。字面も響きも美しいので、きっと外国のすてきな物語だろうと思っていた。ロッテルダムがオランダの都市であることを知ってからは、いつか行ってみたい場所として長く記憶に刻まれていた。

ついにその地を訪れたのは二十代半ば、アフリカのケニアからの帰路、ヨーロッパ経由便の乗り継ぎで空いた数時間だった。私は空港から特急列車に乗ってロッテルダムに行き、駅の周辺を散策した。

まだ肌寒い春先で、こぎれいな街路を港まで歩いて、海を見た。コンクリートの波止場から見る海面は青みがかった鈍色をしていた。それから港近くの雑貨店でいつもなら買わないポップな色のマグカップを買って、カフェで名物のウナギの燻製サンドを食べ、空港に戻った。たったそれだけの短い旅だったが、私にとっては憧れの地に行ったという事実だけで充分満足だった。

その作品を実際に読んだのは、旅の数年後、古本屋で偶然遭遇して自分で購入してからである。船の絵が描かれた箱入りの瀟洒なたたずまいで、ファンタジックな物語だろうと読み出したのだが、題材は想像とまったく違っていた。それはエッセイ集で、先の大戦に従軍した作家の実体験がもとになっており、実戦部隊を指揮して戦場で腕に生涯の傷を負った庄野氏が戦後書き記した渾身の作であった。表題となった「ロッテルダムの灯」はその一編である。

私は子ども時代に戦争を体験した母に、『ロッテルダムの灯』を買って読んだことを言わなかったし、アフリカからの帰路にロッテルダムに寄ったことも言わなかった。なぜだろうと今になって考える。母は戦時中の辛かった思い出も時折話していたし、話題にしてもよかったのかもしれないが、なんとなく私は遠慮していたのだ。

その遠慮とは、庄野英二の作品が好きだという母の心の奥底には、人には言わない、ましてや子どもなんぞには言わない思いがあるだろうし、私自身がそうであるように、自分が大切にしているものに安易に触れられたくない気持ちがあるだろうと思っていたからだ。

なぜその作品が好きかとか、なぜその作家が好きかとか、その作品のどこが好きかとか、言葉にするのは難しい。それに好きというのは感覚であって理屈ではない。この本が好き、この作家が好きというのは、その人のたましいに通じる部分で、簡単に説明できることではない。だから本当のところは本人以外誰にもわからない。その人はそうなんだなと思って、そっとしておくのがいちばんいいのだと、私は思う。

ヴァリスの光

矢内原伊作の『リルケの墓』を初めて読んだのは、二十代の初め、初めてスイスを訪れた後だった。それはごく薄い、簡素な装丁の上製本で、タイトルの下に小さく「ヴァレー紀行」とサブタイトルがついていた。

ヴァレーとは私がそのとき行ったスイスのヴァリス地方のことで、フランス語だとヴァレーだが、ドイツ語ではヴァリスである。ヴァリスはローヌ川に沿った谷あいの地方で、観光地化されたツェルマットやフランスのシャモニとは違い、葡萄畑の広がる静かな村々の集まりだった。当時ヴァリスについて書かれた書物は少なく、登山書専門店で思いがけず「ヴァレー紀行」の文字を見つけた私は、嬉しくなって購入したのであった。

それは哲学者であり詩人であった矢内原氏がイタリアからフランスへの帰途、モンブランに列車で向かう途中、スイスのブリーク、ラロン、シエールの町に立ち寄ったときの紀行である。氏がこれらの小さな田舎町に降り立ったのは、敬愛する詩人リルケの足跡をたどるためで、この本のタイトルにもなっている。

したがってこれは紀行であり、リルケ晩年の大作にして代表作である「オルフェウスのソネット」をめぐる随想なのだが、当時の私はリルケの詩をきちんと読んだこともなく、氏がこの本で書いておられることの意味は正直ほとんどわからなかった。矢内原氏の著作はどれも端正で平明な言葉で綴られているので読みやすいのだが、『リルケの墓』を最初に読んだときは、氏の思考を充分に咀嚼しながら読み進めるのは若い私には難しかった。文意を読み取れないというより、人生の経験が足りず、理解できなかったのだ。

ただ、氏がリルケの墓のほとりでときを過ごした後、駅に戻って入った喫茶店で、卓上に飾ってあった紅色のアルペンローゼンと紫のシュタイネルケンを店の人に分けてもらい、摘んできた野の花とともに本に挟んだくだりや、リルケの滞在した館を訪ねた日は時間が押して、全力疾走で駅に戻り間一髪で列車に間に合い、「あまり急いで走ったために大切な印象を落して来はしなかったかと」ひとつひとつ記憶を確かめながら蘇らせていた箇所などは、氏のこころの動きがわかるように思った。

そして私がこの本を読んでいちばん共感したのは、ヴァリス地方を満たす光についてだった。私が見たヴァリスの光はまさしく金色というにふさわしく、明るい透明な蜂蜜色の陽光であった。それが教会の塔を、古いリンゴの木を、家々の白い壁を、緑の葡萄棚を、ひろやかな牧草地を、ヴァリスの谷全体を無言で満たしていた。私はその光景をどこから見たのだろうか。列車の車窓からだろうか、それとも長い山歩きの帰り道だったろうか。それは今思い返せば、まさしく甘美な、降り注ぐ永遠の瞬間であった。

私は氏の文章からヴァリスの光を感じ、矢内原氏もあのローヌ川沿いの小さな町の片隅で、数十年前に同じ光を浴びておられたのだなと思った。そしてまた、その風光が、天地の織りなす歌が、リルケの詩の主題であった。

数年に一度、ふと思い出して『リルケの墓』を書棚から取り出して読む。そのたびに私は自分の内部の深いところで共鳴する一文に出会う。それは年を経るごとに変化し、氏の語っている思索は、私がこれまで読んできた書物にも、表現は違えども書かれていたことのように思われる。

事物が純粋な関係で結びあう開かれた世界、それは現に目に見えるものとしてぼくの前にひろがっている。そしてぼくは、「なにものも求めない息吹き、神のなかのそよぎ」として生と死の間を去来するオルフェウスの歌があたりを一杯に満たすのを聴いた。

（『リルケの墓』より）

してみると、人間は皆同じように真理に近づいていくのだろうか？　生きていくうちに同じように理解の道を歩いていくのだろうか？　それが早いか遅いかの違いなのだろうか？　もちろん矢内原氏と私では比ぶるべくもないのだが、人はこうして自分なりに成熟していくのかもしれない。

何度も何度も繰り返し読む本は、人生においてそうたくさんはない。たいていは一度読んだらそのまま書棚に入っておしまいになる。それはそれでどこかで自分の糧になっているのだし、そこに存在するだけでよい本もあるのだから、どのようなかかわり方でもよいのだが、こと『リルケの墓』が、私にとって人生で何度も読み返す一冊になるとはまったく考えてもいなかった。

そして、この本を初めて手に取ったときから今に至るまで変わらず感じるのは、いうまでもなくそこに満ちているヴァリスの光である。氏の文章を読み返すとき、あのとき私が見ていたヴァリスの光が目前にまばゆく広がり、私を包んでくれる。何十年ものちに、あのとき見た光を繰り返し思い出すことになろうとは、そのこともまた、若い日の私はまったく思ってもみなかったことであった。

ヴァリスの光

教会の男

ウラジオストクのアンドレイ教会は海のすぐそばにあった。

この町の教会はソ連時代にどれも破壊されて、なかには映画館になっていたものもあったと、数日間案内を頼んだ地元の人が教えてくれた。そのため市内にある教会のほとんどは一九九一年のソ連崩壊後に再建された建物で、どれも新しく堂々としていて、燦然と光り輝いている。積年の重みのある、古色蒼然たるものはほとんどない。

それでもなかにひとつ、おばあさんの教会と呼ばれる建物が残っていて、訪れたときにはちょうど、小さな庭に金色の尖塔を降ろして修復している最中だった。タマネギの形にも似たあの塔の屋根部分は、金色の鱗型の金属板を螺旋状に重ねて形づくっているのだ。再び塔の上に上げられてしまえば二度と触れることのできないそれに、私はそっと触ってみた。

海辺近くのアンドレイ教会も新しく再建された教会のひとつだった。白い壁に水色の屋根、金色の塔が明るく輝いている。折しも日曜日のミサ中だったので私たちは中に入らず、外で写真を撮ったりしていた。すると教会の向こうから広場を通って、ひとりの男が近づいてきた。明らかに私たちに向かって歩いてくる。

その男は襤褸をまとっていて汚く、一見して浮浪者のようであった。私は痩せて背が高く、しかも目つきの鋭い男が恐ろしく思え、目を合わさずにすれ違ったが、すれ違いざまに男は小声でなにか言ったようだった。夫は男に気づかず、自分の荷物を地面に放置したまま写真を撮っており、一旦通り過ぎた男はしばらくしてまたこちらに戻ってきた。私は慌てて夫のザックのそばに寄ったりしていたのだが、男は私たちにかまわず、教会に向かって再び歩いていった。

教会ではミサが終わって、三々五々人々が出てきていた。男は教会から出てきた女の人たちのそばに行って話しかけている。緑のスカーフを頭にかぶった若い女の人が、小銭をあげている。その後から出てきた太ったおばさんもあげている。ロシアでは浮浪者にふつうにお金をあげるんだなと遠目に見ていると、男は大胆にも教会に入っていった。あんなに汚れているけれども黒いジャンパー姿で、一応教会に礼拝に来る格好なのだろうかと思って後ろ姿を見ていると、男はひとつめの大扉を入って、ふたつめの堂内に入る扉の前で、かぶっていた毛糸の帽子をさっと取った。

男は私が思っていたような老人ではなくまだ若い人で、髪の毛は短く、痩せて真面目な表情をしていた。私は彼の、神の前で帽子を脱ぐという、その身についた動作を見た瞬間に、しまったと思った。

トルストイの民話に「愛あるところに神あり」という一編がある。

半地下の部屋に住む貧しい靴屋のマルティンは敬虔なクリスチャンで、ある晩、夢で明日おまえのところに訪ねていくという神のお告げを受ける。マルティンは翌日仕事をしながら、いつ神様がいらっしゃるだろうかと外を見ている。しかし半地下の部屋の窓からは道行く人々の足もとしか見えない。するとその窓のそばに隣人の年老いた男が仕事に疲れて寄りかかる。寒かろうと思い、マルティンは彼を部屋に招き入れてお茶をご馳走する。次に見えたのは泣き止まない赤ん坊を抱いた若い女の人で、マルティンは彼女に自分の食事を分け与え、赤ん坊をくるむために上着をやってしまう。次に見えたのは諍いをするりんご売りのおばあさんと少年で、マルティンは出ていって、盗人の少年を罰そうとするおばあさんをなだめ、少年にはりんごを買い与えて諭す。そうして一日が終わり、マルティンが今日は神様はいらっしゃらなかったと思っていたところに、再び彼らが現れ、神が「あれは私だったのだ」と告げる話である。

私が子どもの頃住んでいた関西では、当時まだ暗かった大阪の繁華街の地下道に浮浪者の人たちが何人も座ったり寝そべったりして物乞いをしていた。先の大戦で手足を失った人もいた。用があって母と一緒にそこを通らねばならないときは、じろじろ見てはいけませんと厳しく言われ、息を殺して足早に通り過ぎるようにしていた。恐怖のあまり今ではよく思い出せないのだが、一度は足をつかまれそうになった記憶もある。その頃から浮浪者はこわい存在として、つきまとわれたらどうしようという恐怖が先にたって、極力接触を避けていた。大人になってからは、物乞いをするくらいならば自分にできる仕事をなんでもすればいいのに、努力せずに人の善意にすがって生きているなんて恥ずかしくないのかと思っていた。

と同時に、今も国家間の紛争に巻き込まれ、なにもかも捨てて逃げまどい、長い避難生活を余儀なくされ、教育を受けるどころか明日をも知れぬ人々や子どもたちに対して、少しでも自分にできる援助をするのは当然のことだと思ってきた。

しかし、遠い難民にはできても目の前の浮浪者にできないのはどういうことだろうか。目にしなければいいということだろうか。それこそ人間に対する非礼そのものではないだろうか。誰もが理由あって今の姿に身をやつしているのであって、好きで浮浪者になる人、難民になる人はいない。本質的にいえば、自分がその人たちを救うことは決してできない。けれども、そうした人たちにできる範囲で自分の心を表すことが、する側にとっての魂の救済なのではないかと、私はそのとき初めて思わされた。

神は違う者の姿をして現れる。幼い頃に読んでいた本の世界が現実となって我が身にそのまま起こったとき、私は、ああこういうことだったのかという既視感と、自分などしょせんこの程度なのだという衝撃に打ちのめされた。目の前に立つ恵まれない人に施しをすることは決して間違っていない。それを毛嫌いする私の傲慢さこそが問題なのだ。

教会に入っていく男を見て、私の心に浮かんだのは、「神様はこうしていつもいろいろなことを教えて下さる」ということであった。

アミエルの日記

　バスがカムチャツカの市街を離れ、郊外に出ると道の両側は緑の森になった。道幅の広い国道を曲がった先でさらに激しい悪路になり、窓の外は変わらず緑の深い森である。この光景はすでに一時間近く続いていた。

　ここ数日は雨で、それも激しい雨ではなく、かぼそい霧雨である。雨に濡れた窓ガラスの向こうに、白っぽい薄緑色をした森がずっと続いていく。

　私は森を見ながら、メールで届いた原稿の文字校正を考えていた。昨日の晩からずっと気にかかっている箇所があって、あそこをどうしようかとぼんやりと考え続けていたのだ。

隣の席に座っていた夫が、なに見てるのと声をかけてきたので、はっとして、さっきからずっと緑の森だなあと思って見てるんだと答えると、そうだよね、ずっと変わらないね、シベリア鉄道は乗ったら一週間これだもんねと言った。

私はその言葉を聞いて、ひさしく忘れていた『アミエルの日記』の話を思い出した。それは十年以上前に出会った古書店主が語ってくれた話で、『アミエルの日記』とは、スイス人の哲学者アンリ・フレデリック・アミエルが書いた長大な日記作品である。

古書店主は学生時代、岩波文庫に四冊組で収録された、ただ淡々と日々の思考が書き綴られたこの日記を、挫折しそうになりながらも我慢して読み通し、ついに読み終わった後に、これは海を見ているようなものなのだと思った、と話してくれたのだ。

私はそれまで、自分が学生時代に濫読した海外古典文学の内容をからきし覚えていないことに悩み、かつて読んだ文学作品に書かれていたことが逐一身についていれば、もっと違う人間になれたのではないか、もっと思慮深い、深みのある人間になれたのではないかと内心ひそかに後悔していたのだが、その私の悩みに対し、古書店主は自分の体験を語ってくれたのだった。読書とは、その本を読んで自分がなにを感じたかが大切なのであって、内容を覚えていることではない。

私は古書店主の話を聞いて、そうだ、私は各国の古典を読むなかでロシア文学がいちばん自分の性に合っていると感じたことを思い出した。だからこそそうした作品を生み出したロシアを旅してみたいと長年思っていたし、荒涼たる原野の続くシベリア鉄道に乗って初めて納得できることもあるだろうと考えていたのだ。

私は時折、波が寄せては返すように、古書店主の言葉を思い出す。そして今見ているこの緑の森も、『アミエルの日記』を読むのと同じことなのだなと思う。ロシアのカムチャツカでは、街を少し離れるとそこはすぐ森になっていて、それが延々と続いていく。その長さ、その大きさ、その物事の本質を、自分自身で体験し、自分なりに理解する。そしてそれを味わい、生かすということが重要なのだ。

雨が止んで、森の向こうが少し明るくなって、雪のついた山が見えてきた。もうすぐ目的地に着くらしい。

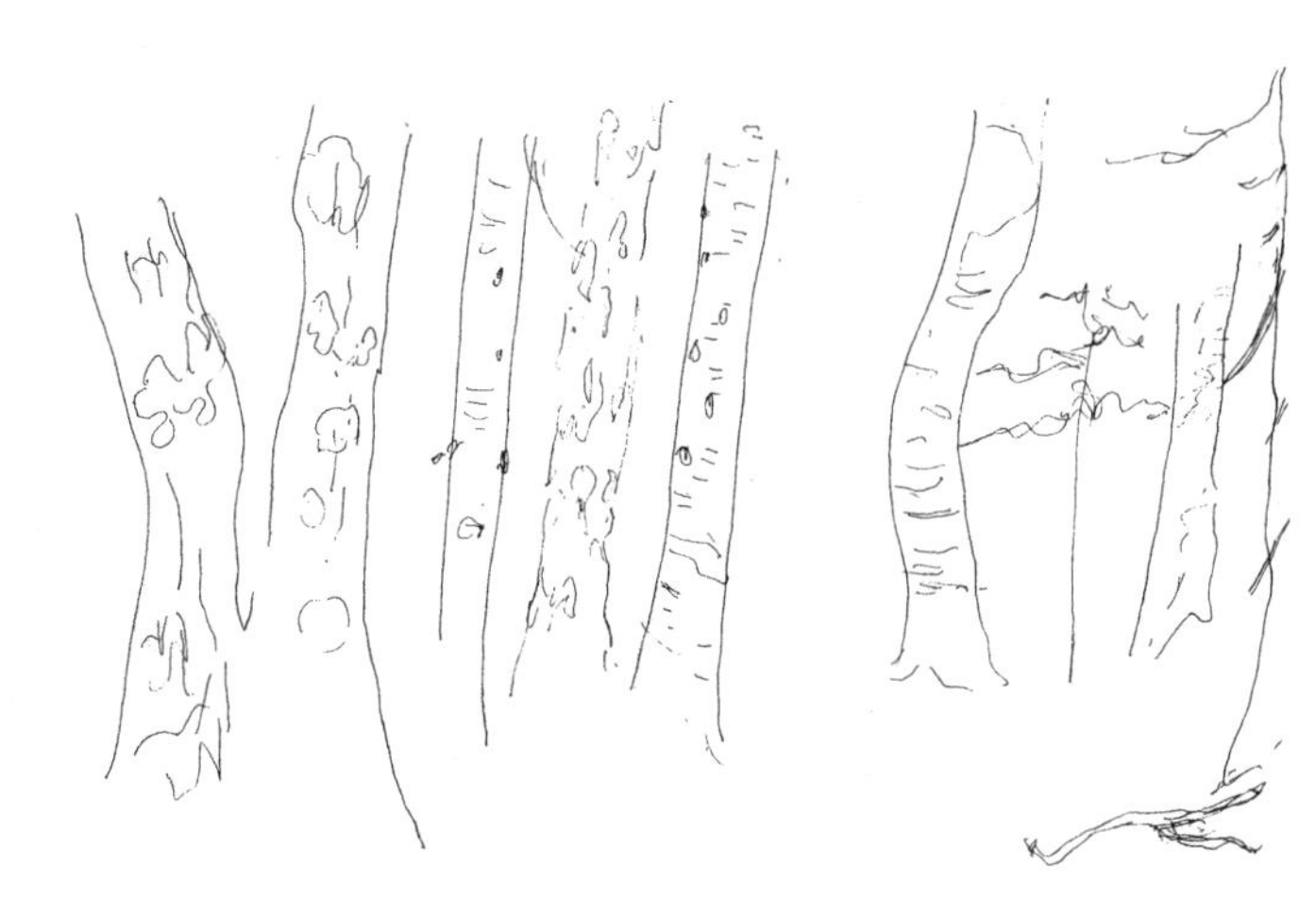

ハンス・ブリンカー

戦後日本の児童文学界の礎を築いた児童文学作家、石井桃子先生の遺された言葉を集めた『石井桃子のことば』が四刷になったという知らせが出版社から来たのは、ロシアのカムチャツカ半島に出かけるひと月ほど前だった。

児童文学や絵本の編集者ではない私が、児童文学界の巨星である石井桃子先生の本の編集をさせていただいたきっかけは、ごく偶然の出会いだった。

多くの読者がそうであるように、私も幼い頃から「いしいももこ」の名を目にし、数多くの翻訳や著作に親しんできたが、作者に対しては格別の興味をもたずに大人になった。それがある年の夏、一日ぽっかりと予定が空いたので、なにかよい展覧会でもないかと調べ、杉並区で石井桃子展が開かれているのを知って、出かけてみたのだった。
その日は格別に暑い日で、最寄り駅から汗をかきかき、わずかな日陰を伝って歩いていくと、鬱蒼とした大木に囲まれた公園に出た。木々は地面に大きな黒い陰を作り、梢からは蝉時雨が降ってきていた。私は黒々とした木陰を選んで歩き、公園の一角に建つ図書館に入って汗を拭いた。それから会場入口に置かれた先生直筆の色紙を読んだ。

子どもたちよ
子ども時代をしっかりとたのしんでください。
おとなになってから
老人になってから
あなたを支えてくれるのは
子ども時代の「あなた」です。

2001年杉並区立中央図書館「石井桃子展」自筆色紙より

この一文を読んで、私はにわかに石井先生ご自身について詳しく知りたくなったのだ。しかし当時、先生について書かれた雑誌はあっても書籍はほぼ皆無であった。ない本は作りたくなるのが編集者の常である。図書館での出会いから数年後、出版社から書籍編集のお話をいただき、私は心中に温めていたこの企画を提案し作らせてもらえることになった。無論、先生の百一年にわたるご生涯とお仕事を一冊の本にまとめるには、全体を貫く一本の柱がいる。私は当初から先生の「ことば」をテーマにしようと決めていた。

ところが実際に作業を始めてみると、当然それは生やさしいことではなかった。まず、百一年にわたって遺された言葉は膨大な量があり、そこからこれという言葉を取捨選択するのはまさに難行苦行であった。さらに行く手には思いもかけぬさまざまな困難が待ち受けており、私はそのひとつひとつを必死に乗り越えながら、私のようなお目にかかったこともない一介の編集者が先生の本を編集させていただくことへの引け目と重責と力不足を日々痛感していた。

紆余曲折を経てようやく本が出来上がり、私は見本を持って先生のお墓参りに行った。それは、生前お身内や周囲の方々に、自分に関する本などは出版しないように、軽々しく人に話したりしないようにと、厳しく戒めておられたと聞く先生に対し、私のごとき者が本を作らせていただいたことに対するお詫びとお許しを乞う気持ちがあってのことである。以来、私は本が増刷するたびに墓前にご報告にうかがうことにしている。
今回は四刷であったので四回目の訪問である。これまでと同じように私は出来上がった本を持って、神妙な心もちでいつもの道順で電車に乗り、先生のお墓参りに向かった。実は私は初めてお墓参りにうかがったとき、墓所で先生のお墓が見つけられずに迷い、さまよった過去があるのである。

初めてお墓参りにうかがったときも、私はひとりで石井先生のお墓にまいった。それまで一年以上かけて、石井先生についてつぶさに調べ、膨大な著書と訳書と資料を読み、足跡を訪ね、関係者に取材し、それらをもとに原稿を書き、まさに先生の生涯を後追いし、まとめる作業に没頭していた私は、その過程で通常は知り得ない先生の墓所も知ることになった。先生と親しかった方に見せていただいた写真で、どのようなお墓かも頭に入っていたので、お寺に行きさえすればわかるだろうと高を括っていたのである。

電車を降りてお寺へ向かい、寺院の裏手にある墓所に入った。するとそこはそこそこの広さの墓所であった。私はまず入口にあった水屋で手桶ふたつに水を汲み、お供えのお花を持って、細い筋沿いにずらりと並ぶお墓に石井先生の名前を探しながら歩いた。

細い筋は幾筋かあって、一本一本丹念に歩いて見ていくが、なかなか見つからない。それに、石井家と彫られたお墓もあるにはあるが、写真で見て記憶していた光景とはどうもようすが違う。先生のお墓は墓所に少し余裕があって桃の木が植わっていたはずだから、こうして整然と画一化されて並んでいるなかにあるはずがないと思うが、もしかしたら記憶違いかもしれないし、木は枯れてしまったかもしれないしと思うと、やはり全部見て確かめねばならぬと思ってしまう。

次第に両手に持った桶が重くなってきて、へこたれてきた。あまつさえ墓所という特殊な環境である。身内のお墓参りならいざ知らず、まったく縁もゆかりもないお寺の墓所で、白昼とはいえ、たったひとり桶と花を下げて歩いていると、なにやら背中のあたりからすうすうと薄ら寒い心地になって、怖じ気がついてきて、私はついに探すのを断念し、水を捨てて桶を返し、もう一度墓所の入口に戻って、そこに掛かっていた掲示板を見た。そこには住居表示のように各家のお墓が表示されていたのである。私はまずそれを見て、石井家と書かれたお墓をめざしていたのだ。

私がハンカチで汗を拭き拭き掲示板を凝視していると、お寺の方からお坊さんが歩いていらした。そして私に「なにかお困りですか」と声をかけてこられた。いかにも私がお困りのようすだったのだろう、私はこれ幸いと事情を説明し、知っている方のお墓参りに初めてうかがったのだが、お墓を見つけられないのだと説明した。

するとお坊さんは「その方は何年にお亡くなりになられましたか」と聞かれる。これまで人の生年を聞かれたことはあっても、没年を聞かれたのは初めてだったので、そのことがひどく新鮮であった。そして校了して間もない私は考えるより先に、先生の没年が口をついて出た。するとお坊さんは、その年にお入りになった石井様というお名前の方はいらっしゃいませんと即答された。私は唖然として、さすが僧侶という職業の方は、お墓に入っている仏様のことを全部暗記しておられるのだと妙なことに感嘆し、また当惑してしまった。私が調べたところでは、先生の墓所はこのお寺になっていたのだ。お坊さんはここには三つお寺が並んでおり、うちがまんなかですので、両隣のお寺さんかもしれません、と親切にも教えて下さった。

私はお礼を言って、左隣のお寺へ行き、それから右隣のお寺へ行った。そのあたりでもうだいぶ日は陰ってきて、気持ちも萎えかかっていたのだが、そんなことでは務まらぬと自らを奮い立たせ、しかし桶に水を入れて持つのはやめて、まず墓所内を歩いて先生のお墓を探した。三つめのお寺は、なかではいちばん小さめのお寺であった。

しかし石井先生のお墓は見つからない。まず記憶にある木の植わった墓所を確認して、その後、端から墓碑を確認していくのだが、なぜか石井先生の名は見つからない。これはもう先生は見つかりたくないのだなと、私はうすうす思い始めた。やはり縁もゆかりもない私におまいりなどされたくないのだ。本を作らせていただいたことに対しても、本当はお怒りなのだ。私はすっかり落胆し、もうこれ以上は探していても無駄だと悟り、諦めて撤退することにした。

そうして墓所を出る扉に向かおうとしてふと振り返ったときに、先生のお墓を発見したのである。それはまさに、意気消沈して帰っていく私を見かねて、ここにいますよ、としかたなく声を掛けて下さったような具合であった。はっとして近づいていってよく見ると、そこには写真で見たとおりに木が生え、小さな墓碑がぽつんと建っている。そのお墓の前を私は明らかに何度も通ったはずなのに、気づかなかったのである。

私は愕然としてお墓を見つめ、それからすぐ水屋に行って桶に水を汲んで戻り、丁寧にお墓を清め、枯れた花を捨てて持ってきたお花を供えた。それから先生が生前お好きだったと近しい方からうかがっていた洋菓子のダックワーズとこのたびの本を供え、小さなお墓の前にかがんで手を合わせた。私は心のなかにあることを一生懸命先生に向かってお話しした。

あたりは大変静かであった。近くの学校から生徒たちの部活動の声が聞こえてきていた。話し終わって立ち上がったときには、石にかけた水はすっかり乾いていた。

それから本が増刷するたびに、私は本と花とダックワーズを持ってご報告にうかがう。しかし今回は一年ぶりだったためか、慎重な気持ちだったはずなのに、電車に乗ってから花とダックワーズを忘れたことに気がついた。なにをぼんやりしているのだろう。最寄り駅で慌てて店を探し、花店も菓子店もないので、スーパーの花店で先生がお好きそうな青いリンドウと白菊を買い、紅色のタデも加えてもらった。それからダックワーズはフィナンシェで我慢していただくことにして、ようようおまいりにうかがった。

ところがもうすでに充分慣れているはずなのに、墓所でまたなぜか迷ってしまったのである。あると思っていた場所にお墓がない。お墓参りに来る人はどの人も一直線に目的のお墓をめざして歩くものなのに、明らかに狼狽したようすでうろつく私を見て、静かに座って新しい墓石の手入れをしていた石屋さんが驚いた顔でこちらを振り返った。

準備の行き届かない私に先生はご不満だったのだろうか。やっと見つけたお墓を前に、私は恐縮しながら手桶に水を汲んで石を清め、お花とお菓子をお供えし、今回のご報告を申し上げた。暑い日だったので墓所内の木にもお水をあげて帰ってきた。

それがカムチャツカに出かける前日であった。

カムチャツカに着いて五日後、私は早朝から起きて、前の晩遅くまでかかって修正したゲラ（校正刷り）をメールで送ろうとしていた。従来はすべての仕事を片付けてから旅に出ることにしているが、今回はゲラ戻しの期日が押していて、やむなく旅先でゲラのデータをメールで受け取り、赤字を戻すことになったのであった。原稿は石井先生についての依頼原稿だった。

石井先生が今年没後十年になることにも私は気づかずにいたが、区切りの年に行なわれる催しやなにかで、世間はにわかにかまびすしくなっていた。そうした背景もあって、私にも原稿の依頼が舞い込んだのである。原稿は、先生が戦後在籍されていた岩波書店からの依頼で、私にとっては子ども時代から慣れ親しんだ憧れの出版社でもあったため、大いに恐縮し、また光栄にも思い、謹んで原稿を書かせていただいた。内容は、石井先生についてなにかひとつ書くならばこれしかないということを書いた。〆切までには間があったが、直前になると焦ったり迷ったりして書けなくなってしまうので、依頼があったその日の晩に一気に書いた。それでも送付する直前まで細部を繰り返し推敲した。わずか六百字ほどの短い原稿だったが、かつてないほど緊張を要する大仕事であった。私はこれまでの編集者人生の来し方を思い、そしてこの原稿を書かせていただけるだけの身分にまがりなりにもなったのも、石井先生の本を作らせていただいたからこそなのだと思い、先生に感謝した。

その原稿のゲラ戻しである。旅先だろうとどこだろうと絶対にせねばならぬ。私は原稿提出前に一箇所だけ迷っていた部分の修正に夜中までうんうん唸り、意を決して赤字を入れ、早朝もう一度読み返してからゲラを戻した。夜中に唸りながら思い出していたのは、先生の『ことば』の編集時に読んだ小さなコラムで、「どんなに短い文章であっても、私はいつも長い時間と大変な労力をかけ、七転八倒しながら書いている」と書いておられたことであった。石井先生でさえそうなのだから、私ごときが一字一句で呻吟するのは当然なのだ。

私は校正を送り終えて、重い肩の荷を下ろした気持ちで旅を続けた。

しかしカムチャツカは天候不順で、初夏というのに日ざしはなく、霧雨の毎日である。当初は山へ登ろうとしていたのだが、しかたなく街を歩き回って過ごしていた。カムチャツキーの街は大きく分けて三つの地域に分かれており、徒歩でも行き来できる距離なので、毎日散策していると、どこになにがあるかを覚えてしまう。一週間もいれば、いつも行くスーパー、お気に入りのお菓子、果物、食堂、雑貨店なども決まってくる。路線バスにも乗れるようになる。まるでその街に住んでいるかのような錯覚に陥るのだ。

私は旅に出ると必ずその街の市場や露天や屋台に行くのだが、カムチャツカでも市場に日参して物色して歩いた。市場は大きく、魚、肉、野菜、果物、乳製品、パンと菓子類などのブースに分かれていて、全部を見て歩くとすぐに数時間経ってしまう。

コンコースにはベンチがあって休憩できるようになっており、パンやピロシキを売る店もあって、人々が止まり木に座って食べている。私は店の前に行ってショーケースを見た。ケーキやクッキーなども売っていて、なかにまっ白なボール状のお菓子があった。クリームの上に粉砂糖がかかって、ボール本体はメレンゲだろうか、スポンジだろうか、ソフトボールほどの大きさがあって、みるからにおいしそうなお菓子である。私はにわかにそれが食べたくなり、ひとつだけ頼んで、止まり木に止まって食べてみた。それは球形のメレンゲの間にナッツクリームの挟まったダックワーズであった。

そうして街を歩いているうちに、気になる店が一軒あった。それは古道具屋で、何度も前を歩いているのに、いつも開いていないのである。長く共産主義だったロシアもすっかり近代化の波に洗われていて、古きよきもの、伝統的な工芸品などは土産物屋や古道具屋でしかお目にかかれなくなっている。その店はウインドウに古いサモワールや昔ながらの刺繡のクロスなどが飾られていて、期待できそうなのに、何度行っても開いていない。もしかして営業していないのだろうかと、窓ガラスに顔を押しつけてあかりの消えた中をのぞくと、黒と白のぶちの猫がこちらを見ていた。

生きものがいるということは店主もいるという証だろう。私は飽かずその店をたびたび偵察に行き、そしてある日の夕方、扉を押すと開いていたのである。

一歩中に入ると、ロシアの古い家財道具と新品の家庭用品がめちゃくちゃに入り混じって、ところ狭しと飾ってある。ロシアのもののみならずヨーロッパの骨董品もあって、まさに玉石混淆の体である。女主人は鼻が高く青い目にクリーム色の髪をして、おとぎ話に出てくる魔女のようでもある。こちらをお金持ちの日本人と勘違いしたのか、歓待の表情を見せて、あれこれとロシア語で話しかけてくる。私は適当にあしらいながら、気になるものがないかじっくりと見ていった。なにしろ雑多に飾りつけてあるので、ひとつひとつ手に取っては見ていくなかに、一枚の古い飾り皿があった。

銅板を打ち出してできたそれは、男の子がふたり道を歩いていて、その後ろを通りすがりの男の子が笑顔で振り返っている絵であった。彼らの背景には民家と木、少し離れたところからは母子とおぼしき女の人と女の子が並んで、男の子たちを笑顔で眺めている。彼らが身につけている衣服が中世のそれのようでもあり、ロシアのものではないようにみえる。どこの国だろう？　女の子の帽子に見覚えがあるような……。

これはどこの国の品か店主に聞くと、ゲルマンと言う。ドイツだろうか？　もう一度よく見ると、彼らはスケートを履いている。歩いているのではない、氷上を滑っているのだ。これはオランダだ。女の子の帽子はオランダの民族衣装だ。この男の子はハンスだ、ハンス・ブリンカーだと思った瞬間に、あっ、また石井先生が追ってきたと思った。

石井先生の旧居は東京の荻窪にあって、今も一階は子どもたちが本を借りに来る「かつら文庫」として開かれており、二階はお住まいだった頃の書斎が保存されている。

私は先生の本を作らせていただく際に、何度かこの書斎にうかがって、先生の蔵書や写真や資料を拝見した。一般公開している以上、書斎や書棚が生前使っていらしたときのままではないが、私は遺された先生の蔵書を一冊一冊手に取ってめくっていった。

先生は、終戦五年後に創刊された岩波少年文庫やそれに続く児童書の編集者として、岩波書店に嘱託として数年間勤務しておられ、少年文庫創刊期の書目には、戦後間もない時期で人手も時間も足りなかったため、先生自ら翻訳した作品も含まれている。意外なことにそれ以降は少年文庫に石井先生の翻訳本は数えるほどしかない。大きく時代が変わったのちに数冊ある程度である。

その初期の石井桃子訳の貴重な数冊に、『ハンス・ブリンカー』は含まれている。一八六五年出版の同書はアメリカの児童文学の古典ともいえる作品で、物語の舞台はオランダだが、オランダ人の祖先をもつアメリカ人女性が描いた作品である。戦前から海外の編集者と交流のあった石井先生は、『ハンス・ブリンカー』が広く受け入れられている良書であることを知っていたのだろう。その分厚い原書が先生の書棚に並んでいたのだ。先生は終戦後数年間、宮城県鶯沢で農業をしていたが、その頃に愛読していた『小さい牛追い』や『牛追いの冬』、『とぶ船』、そして重版するたびに細かく赤字を入れていた『ムギと王さま』が同じ棚に並んでいたことからも、やはり石井先生にとって『ハンス・ブリンカー』は特別な存在だったのだろうと私は思った。

私自身は『ハンス・ブリンカー』は大人になってから読んだ一冊で、子どもの頃も出版されていたが、なんとなく敬遠して読んでいなかった。今ならそのよさがよく理解できるが、挿絵が子どもの頃の私の好みではなかったせいもあるだろう。

『ハンス・ブリンカー』は父親の不慮の事故によって貧しい生活を送る兄妹の物語で、気だてのよい真面目な兄のハンスは妹とともに懸命に自分の道を切り拓いていくのだが、舞台となるオランダの運河沿いの村では、冬には凍った運河上が生活道路として使われ、老いも若きもスケートを履いて氷上を走って行き来する。その運河でのスケートが物語の核心なのだ。本のサブタイトルは「銀のスケート」である。

銅板の男の子がスケートを履いて運河を滑っているのに気づいたとき、これはハンスだと思った。ここでもまた先生が（今度はスケートを履いて！）追ってきたのだ。

この銅板は買うしかない。しかし、その銅板は高かった。買えない値段ではないが、飾り皿としては高かった。

私は魔法使いの店主相手に値切り交渉を始めたが、店主はなかなか値段を下げない。私はだんだんしびれを切らしてきて、そこまでして買う必要はないのではないかと思い始めた。けれどもこのアンティークの飾り皿は今回買わなければもう二度と手に入らないだろう。やはり今買うべきなのだろうか？　どうなのだろう？　交渉をしていくうちに、私は本当に自分がこのお皿を欲しいのかどうかも疑わしくなってきて、とりあえず頭を冷やすことにして、買うのをやめて店を出た。

私はなぜそこまでしてこの銅板の飾り皿を手に入れたいのだろう。今さら石井先生が生きていらっしゃるわけでもないのに。よしんば生きていらしたとしても、オランダ人とおぼしき男の子たちがスケートをしているだけの年代物の銅板の皿を、見て喜んで下さるということでもなかろうに。私は古道具屋から少し離れたレストランに入って、ビールをたて続けに二杯飲んだ。

私がカムチャツカに来てからゲラ戻しをした原稿のタイトルは、「かつてあったいいことは」であった。

「かつてあったいいことは」は石井先生ご自身ではなく、先生が出会ったカナダの図書館員のことばで、「かつてあったいいことはどこかで生きつづける」という一文である。先生は自身に多くの学びを与えてくれた、かの地の児童図書館を後年再訪した際に、留学時とは様変わりしてしまった現状を目にし、その行く末を案じ、友人でもあった当時の図書館員に問いかけたところ、「私たちは最善をつくした」という前置きとともに、この返事が返ってきたのだ。

私が石井先生の本を編集する過程でいちばん心に残ったのはこのことばであった。おそらく石井先生をも救ったであろうこのことばは、細々と本作りを続ける私の心のなかで明るいともしびとなって、今も私を支えてくれている。

私は石井先生への感謝の気持ち、石井先生の生涯とことばをまとめた本を作りたいと思った初心を忘れないためにも、あの銅板はやはり買うべきなのだ。あれが石井先生のお好みのものかどうかは自信がなかったが、もはやそれはどちらでもいいことで、先生は喜んで下さる気もした。なぜなら見た瞬間に呼ぶものがあったのだもの。石井先生はこうして何度もカムチャツカにいる私を追ってきたのだもの。

私は二日後、再び魔女の古道具屋へ行った。今度は毛皮のコートを羽織った店主は、なんだまた貧乏な日本人が来たのかといわんばかりの顔をしたが、私はそ知らぬ顔をして店内をもう一度じっくり見て回った。他に欲しいものがないかどうか確かめるために、最初から銅板に飛びついて足もとをみられないように、時間をかけて見て回った。

銅板は思っていたとおり、一昨日私たちが値段交渉をしたテーブルの上にそのまま置かれていた。私は店主が見ていないところで手に取って、もう一度よく見てみた。

ハンス(と独り決めしている)ともうひとりの男の子は、よく見ると若者というよりももっと年齢が上にみえる。ふむ、これは大人になったハンスと友人のピーターともいえる。物語ではハンスは医師になり、ピーターは実業家になる。大人になったふたりが変わらず仲がよいというのもいいなあと思う。架空の物語なのだが、読者にとって物語の登場人物は本のなかにいる大事な友人でもあるので、彼らがその後も幸せであってくれることは文句なしに嬉しい。

私は銅板と、その昔農家の台所でカーチャ(お粥)をよそっていたような赤い鋳物の壺を買うことにして、再び魔女と向かい合って座って値段交渉をして、前回よりも安い金額でふたつとも手に入れた。店でクレジットカードを使えないのが原因ではあるのだが、あまりになけなしの現金をはたいているふうの私に（もちろんそれは作戦である）、彼女はついに根負けしたのであった。

別れ際に彼女の名前を聞くとナターシャだと名乗り、あなたはと聞いてきた。そして最後は笑って握手をして別れた。

それで今、ハンスとピーターの飾り皿は私の仕事机の横に立てかけてある。ロシアから帰国して荷物を解いて取り出したときから、もう何年も前から我が家にいたかのような顔をしてなじんでいる。

今度増刷してお墓参りに行くときは、本と花とダックワーズと、この銅板の飾り皿を持っていこう。さすがにもう迷うまい。

ココ
卵も
売ってる

きのうかいにいった市場の
ダックワーズ。まん丸です 70R

忘れじの味

ジャンクスイーツの旅

インド／オールドデリー

夕暮れどきのオールドデリー、駅裏のバザールは観光客と地元民で大混雑。今日でインドの旅が終わる寂しさもあり、残った小銭ルピーを使ってしまおうという魂胆もあり、店をのぞきながら歩いていたら、地べたで揚げ物をしているおじさんたちを発見した。グレーというよりねずみ色（と昔は言いましたね？）の布から次々と絞り出される、宗教的ともいえる不可思議な形の物体を、悪そうな油で揚げて、濁った汁に漬けていく……なんでしょうこれはいったい。ドーナツに似たお菓子のようではあるけれど、油ギトギト、どう見てもあの汁はちょっとやばい。

インドはとにかく不衛生、人牛一体、生水厳禁、赤痢がこわい。そんな激しい偏見に充ち満ちて訪れたかの国だったが、危険レベルは他のアジア諸国と同等、強健な我が胃腸にも助けられ、無事に帰国までを過ごしてきた。それがここに来てこれか……。しかし自他ともに認めるおやつeaterの私としては、食べたことのないおやつには常にトライしたい。しかもちょっといい匂いがするではないの。迷いながらじろじろ見ていると、向こうもじろじろ見てくるので落ち着かない。どうしよう、おいしいかな、まずいかな、まずかったらどうしよう、というか、あたったらどうしよう。でも火が通ってるからとりあえず大丈夫か（科学的根拠なし）、と考えて注文。するとおじさんはおもむろに天秤に重りを置いて、ひとつずつ量り始めた。露店なのに意外と厳密なのね。

二個で五ルピー（約十五円）払い、おそるおそる口に入れてみる。ぱりっとした皮の中から濁った汁、もとい甘〜いシロップが出てきた。あれっ、おいしい！　あの怪しい汁は糖蜜シロップだったのね！　と、にわかに態度豹変。「これグーよ」と言うと、むっとした表情で絞り出しをしていたおじさんが初めてニコッとした。でもいかんせん甘過ぎて歯が痛い。痛いけどおいしい。悪魔的なおいしさは世のドーナツ以上だ。

なんというお菓子かわからぬままに帰国したが、後日新聞に偶然紹介記事が載っていた。ジェレビーと呼ばれる南アジアの伝統的な食べ物で、人が集まるときのお茶菓子として人気があるとか。生地には小麦粉だけでなく豆の粉も使われる。隣国パキスタンでのルポ、写真で見るとやや大ぶりで不可思議模様も大ざっぱ。インドの露店パティシエの方がいい仕事してましてよ。

ちなみに心配していた衛生面は、ジェレビーの二軒先で飲んだサトウキビジュースを薄めた生水かあるいは生水で洗ったコップにあたって、丸一週間寝込む羽目に陥った。やっぱり生はだめ。古い油で消毒してないとね。

ポルトガル／アルガルヴェ

鶏卵素麺というお菓子をご存じだろうか。卵黄と砂糖の生地を細い糸状にして束ねた、九州福岡の銘菓である。口当たりはやわらかく、滋養たっぷり、しっかり甘い。そして私はこのお菓子が少々苦手である。

もちろんこれは好みの問題、私自身は卵と砂糖に粉が加わったものや卵白のお菓子は好きなので、鶏卵素麺の生に近い卵黄の味が不得手なのかもしれない。が、卵かけごはんは好きなので、問題は卵黄ではないはずだ。思うに卵かけごはんは醤油味だが、鶏卵素麺は砂糖味だから抵抗があるのだと思う。ごはんのおかずにもなる存在が甘いのはだめ。そういえば昔はおはぎもだめだった。ごはんとおやつは分けておきたい、そんな気持ちが鶏卵素麺を苦手科目にしてしまったのかもしれない。

鶏卵素麺は、安土桃山時代にカステラや金平糖と同じくポルトガルから伝来した南蛮菓子である。以来四百余年、素麺のごとく細く長く受け継がれてきた。しかしはたしてこの昔ながらの味が本国では今も残っているのか、疑問をもたないでもなかった。

ところがポルトガルの南部、アルガルヴェ地方を旅した折りに、現実を目の当たりにすることになる。ユーラシア大陸の南西端の岬を擁するこの地方は、一大鶏卵素麺地帯でもあったのだ。

ポルトガル人は無類のお菓子好きとみえて、どんな小さな町にもお菓子屋さんがあり、おいしそうなお菓子がどっさり並んでいる。わー夢みたい、どれにしよう、この黄色いのはなあに、カスタードかしら？　さっそく食べてみると、なんとそれはあの鶏卵素麺！

　鶏卵素麺は外側だけでなく中に仕込まれていることも多く、見た目にだまされてつい買うと、また鶏卵素麺！　これも鶏卵素麺！　揚げ鶏卵素麺、マジパン鶏卵素麺、鶏卵素麺まんじゅう、鶏卵素麺シロップ漬……。鶏卵素麺を素材に、よくまあこれだけの種類を作れるものだ。お腹の中は甘い卵でいっぱい、遅ればせながらポルトガル語で卵はOVOと学び、しばらくオボと名につくお菓子は買わないようにした。

　ポルトガルでも鶏卵素麺地帯は南部だけ。北部はボーロ（ポルトガル語でケーキ、クッキー）地帯で、その違いははっきりしている。日本でいえば、名古屋圏ではういろうをよく食べるが、他の地域ではほとんど食べないのと同じ。ただし名古屋の人は他にもさまざまなお菓子を食すが、アルガルヴェの人には鶏卵素麺が今も昔も変わらぬナンバーワンおやつなのだ。そんな彼らが、遠い昔日本に渡った自分たちのお菓子が連綿と続いていることを知ったら、さぞや驚くことだろう。もっと鶏卵素麺好きが訪れたらよかったろうに。こんな私でごめんなさいね。

モロッコ／フェズ

なんだ、今回はスイーツじゃなくて、スープじゃない。そんなふうに思われてしまうかもしれないが、おやつeaterの私、モロッコでももちろんおやつに挑戦したのである。小手始めに高級菓子店で吟味の上、チョコがけのマフィンを食べたのだが、これが悲惨な結果に終わり、その後おやつに手を出せなくなってしまった。唯一おいしいと思えた甘いものはチョコクロワッサンだけ。モロッコはもと仏領だけあって、朝食はクロワッサンとカフェオレ、というおしゃれな風習が残っているのだ。滞在中は毎朝このセットを楽しみながら、日本に帰ってからも習慣になったらどうしようと危惧していた。朝から毎日チョコクロなんてあまりに危険すぎるでしょう。それにしても、クロワッサンのチョコはおいしいのに、なんであのマフィンのチョコはおいしくなかったのかしら？

そんなこともあって、おやつの代わりに食べていたのがスープである。ハリラと呼ばれる豆のスープで、モロッコのお味噌汁、ザ・フェイマスフードのひとつ。レンズ豆のとろみに羊肉やトマトやタマネギの味が溶け込み、コリアンダーの風味も効いて、とてもおいしい。巨大迷路メディナを擁する街フェズには、立ち食いそば屋ならぬ立ち食いハリラ屋が何軒もあって、頼むと白に青の模様のフェズ焼の器にサフラン色のハリラをたっぷりとよそってくれる。うふふ、嬉しい。カウンターで一心に食べていると、私の前にもう一杯ハリラがやってきた。あれ？　これ頼んでないよ。すると驚いたことに、お店の人が「あちらのお客様から」と言うではないか。

昔のドラマや小説に、バーでひとり女性が飲んでいると、「あちらのお客様から」とマティーニかなにかを差し出され、驚いてそちらを見ると、すてきな男性が会釈している……（そして親しくなる）というお決まりのシーンがあったが、私の場合は豆のスープ、奢ってくれたのは太っちょのおじさん、おまけに私の隣には夫もいる。

気がつくと、店のお客（そこには暇な男たちしかいない）が皆ニコニコとこちらを注目している。日本人だからか、女性だからか、はたまた貧乏にみえたのか？　わからないけれどもその視線は嫌な感じではなく、むしろ子どもの喜ぶ顔見たさにおやつをあげてしまうお父さんの感じ。ありがたくご馳走になる。他にもレンズ豆の小皿もいただく。

すっかり豆腹だ。お礼を言って店を出た。

見知らぬ男性からなにかを贈られる機会など、おそらく一生に何度もない。私にとって、モロッコのスパイシーで温かなハリラは、忘れられないスイートな思い出である。

メキシコ／バハ・カリフォルニア半島

いやだー、なにこれ。かわいぃ！「BIMBO」と書かれたパンをメキシコのスーパーマーケット、メルカドで見つけた瞬間、思わず発してしまった言葉である。

食べ物の名前に、こともあろうにビンボーとは……と思うのは日本人だけで、メキシコの公用語スペイン語では特に意味はないらしい。むしろその強烈なネーミング以上に私の心にヒットしたのは、ビンボーにはほど遠い感のある、トレードマークのまっ白なくまちゃんであった。

コック帽をかぶってスマイルしているのが基本形で、なかにはサッカーをしたり、釣りをしたり、アクティブなくまもいれば、諸手をあげておいしさをアピールするくまも、いたずらな笑みを浮かべて視線を送るくまもいる。決してキャラクター好きではないのだが、ビンボーくまにはすっかりはまってしまい、帰国前にはくまをスケッチブックに模写せずにはいられないほどの入れ込みようだった。

肝心の味はといえば、海外パンに多いぱさつきも妙な甘さもきつい香料もなく、ごくメジャーな味わい。日本の袋パンほどのリッチさはないものの、充分なおいしさである。

メキシコは元来トウモロコシを主食とした国、トウモロコシの粉を薄くのばして焼いたトルティーヤがありとあらゆる料理に登場する。トウモロコシの次に多いのは豆で、毎度の食事はもったり重い穀類のダブルパンチ。そこをいくと小麦(も穀類だが)のパンはふんわり軽い。メキシコではまだ日の浅い小麦文化、甘やかなパンやお菓子は、いまだに少し高級なおやつ感覚なのではないかと思う。

その象徴ともいえる、ふわふわかわいいしろくまビンボー。名前とは裏腹に、ビンボー社はメキシコを代表する大企業、国内最大の製パン会社だ。日本でいうところのヤマザキパンのごとき存在だろうか。その威力は今やメキシコ国内のみならず、世界十八カ国に及び、ビンボーUSA、ビンボーChinaもあるほど。世界中の人々があのくまちゃんの愛くるしい所作と微笑にやられてしまったのだ（自分だってやられたくせに）。しょせん食品業界もキャラ勝ちなのか？　いや、いくらくまがかわいくても、味がよくなければ売れないはず。ビンボーのパンはどれもふつうにおいしい。中身があって外見もいい、というのがすべてにおいて勝ちの方程式で、やっぱりわかりやすい味と見せ方って大事なんだよな、とビンボー陳列棚で思案する私は、誰の目にもドーナツとマフィンのどちらにするかで迷っている貧乏な旅行者にしか見えまい。

ロシア／モスクワ

バックパッカーにはおなじみのステーションビバーク、略してステビバ。終電後の駅舎で強引に寝るゲリラ宿泊術だが、空港で行なう場合はなんと言えばいいのだろうか。エアポートビバーク、略してエアビバ？

乗り継ぎ便が悪いうえ、入国手続に法外な手間とお金がかかると聞いて、やむなく元共産国ロシアでのエアビバを選択し、シェレメチェボ空港に降り立ったのは、春浅い夕方十八時であった。

いかなる場所においても、ビバークの基本は安全かつ快適な寝場所の確保である。トルストイとゴーゴリでロシアの時が止まっている私にとって、モスクワの空港など暗く冷たいイメージしかない。スリもいるかもしれない。棚にはパンひとつないに違いない（どんな時代錯誤だ）。もちろんそんなはずはなく、明るくモダンな空間にはものが溢れ、スマートな人々が行き交い、元共産国ロシアの片鱗などもはや無愛想な店員にしか残っていない。私は驚くと同時に安心し、静かな一隅にそそくさと寝床を定めたのである。

時間だけはあるので、すべての店をつぶさに観察する。日本でいうところのキオスクが数軒あり、乙女心を揺さぶるかわいい包装の袋菓子を発見した。ロシア語が一文字も読めないため、絵から類推するしかないが、中身はどうやらチョコレートらしい。しかし相手は元共産国ロシア、味は未知数だ。さんざん逡巡した挙句、二百五十グラム入りを絵柄違いで三袋も買ってしまった。

チョコレートのような定番お菓子ほど、国によって味はまったく異なる。カカオと砂糖とミルクの配合に国民の味の好みが出るのだろう。単純がゆえに差が際だつのは、なにもチョコレートに限ったことではない。さてロシアのチョコやいかに。……あれ？この味食べたことある。そうだ、コスモポリタンだ！

コスモポリタンとは、先年廃業してしまった神戸の製菓会社で、創業者はロシア人、バレンタイン・F・モロゾフである。神戸には外国人が開いた洋菓子店が多いが、なかでもコスモポリタンの味は独特で、幼い頃神戸で育った私はそこに漂う異国の香りを快く感じていた。チョコの他に缶入りの小粒ドロップもあって、夜遅く帰った父がお土産にとオーバーのポケットから取り出して渡してくれたのも懐かしい。脳裏に蘇る簡素な包装にかわいい絵。ああ、ロシアンチョコは私の味覚と視覚の源だったのか。しかしあの甘やかな記憶に、寝袋でベンチに横たわるエアビバ姿で出会おうとは。

チョコレートの味はあくまでも日本人好みに変えなかったというコスモポリタン創業者。そのロシア的意志の強さと祖国の味への誇りに敬意を表し、この際もう二、三袋買い足しておこうと考えるモスクワの夜であった。

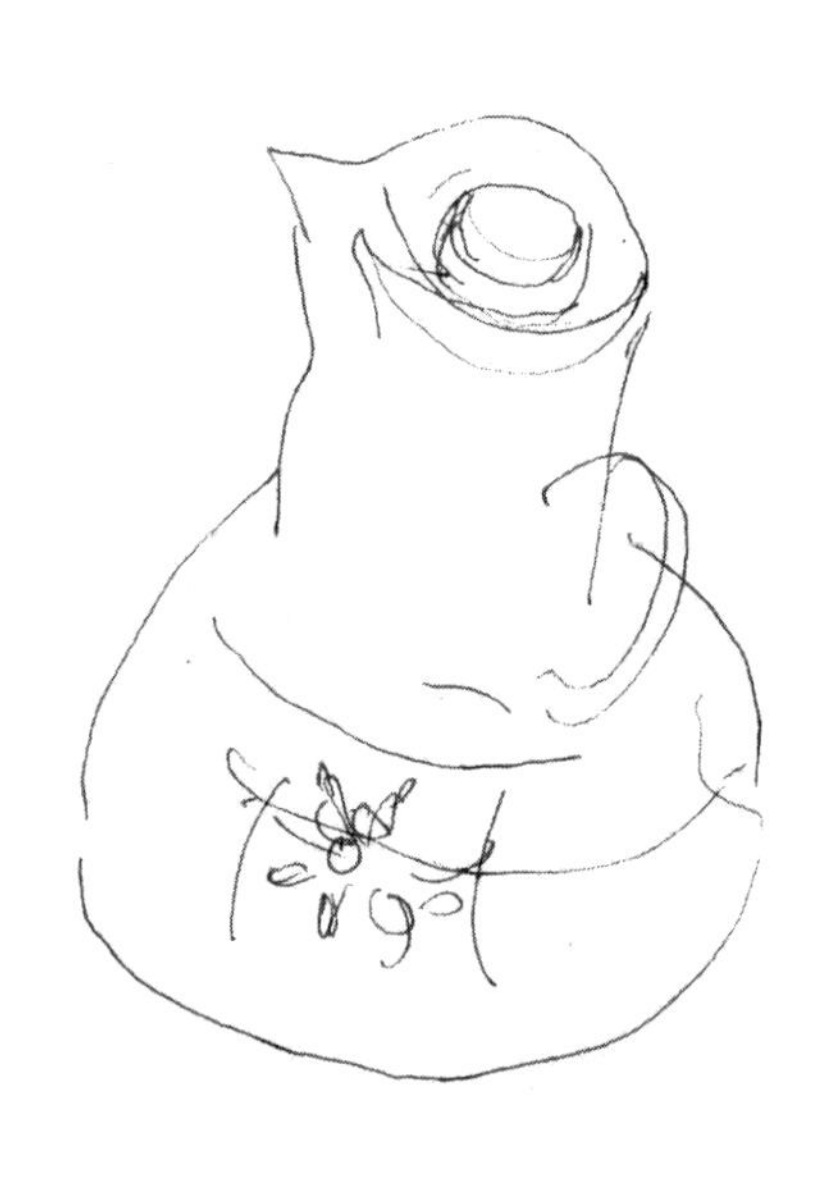

Paleochora

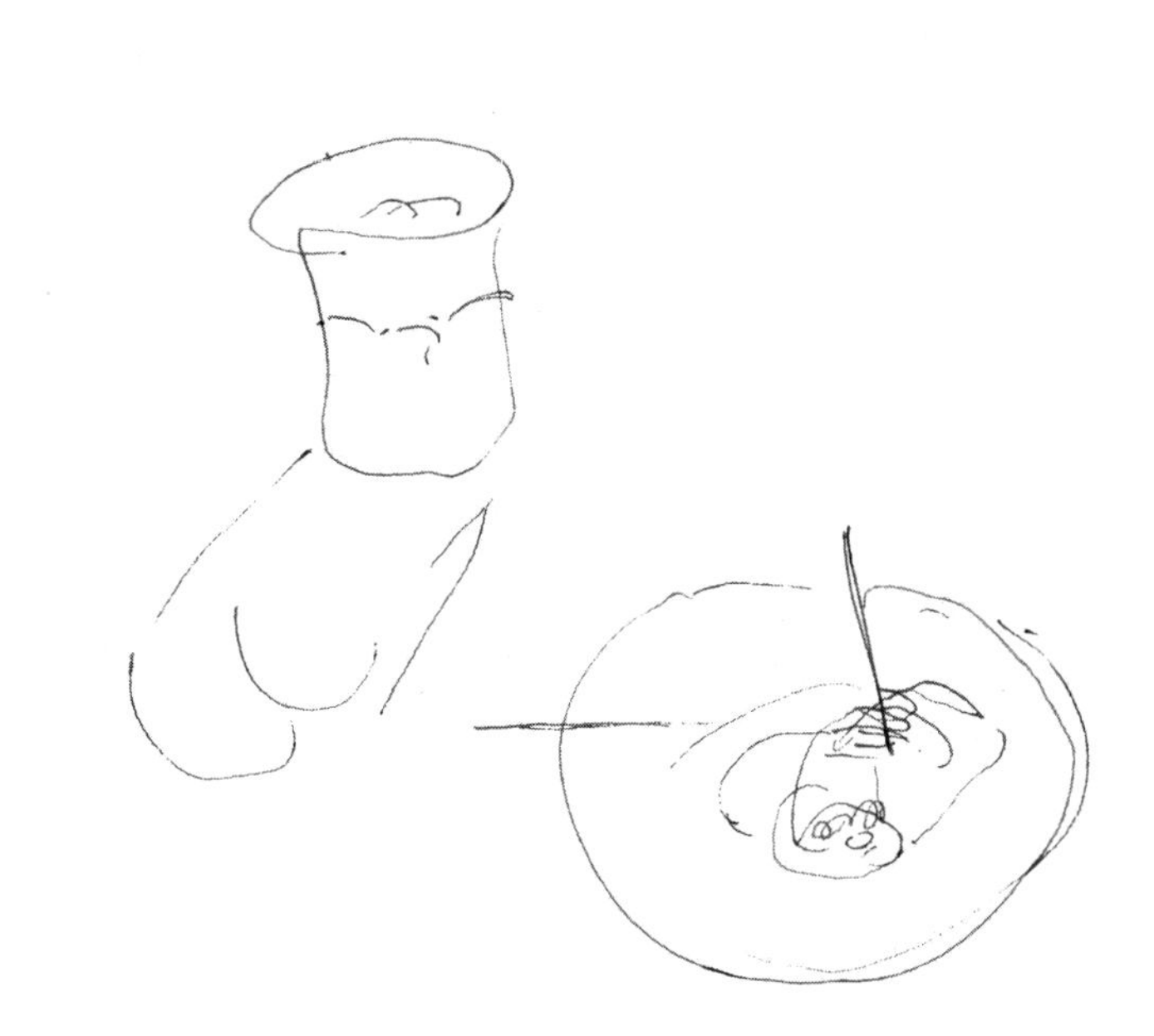

ギリシャ／クレタ島

古い国の人は甘いものが好きだ。古い国とはいつごろからかといわれると困るが、仮に古いを千年以上としよう。ギリシャなんて紀元前からあるんだから古いの代表格だ。古い国は歴史が長い分食文化も発達していて、なかでも甘いものは特異な発展を遂げる。日本もそうだ。文化の高さとお菓子のおいしさは比例するというのが私の持論だが、ギリシャ人がここまで甘いもの好きとは知らなかった。

アテネから船でひと晩、兵庫県と同じ大きさしかないクレタ島においても、甘いもの文化は定着している。どんなに小さな村にも菓子店があって、手作り菓子が並び、欲しいものを選んで目方で払うシステムになっている。好きなものを好きなだけというのも、お菓子好きの国らしく心憎いではないの。

ときはイースターの頃、お菓子ひしめく店内に、他の国にはないものを見つけた。それはパイ、あるいは春雨のような糸状の生地を使い、さまざまな形をしたフィンガーサイズのお菓子なのだが、問題は整然と並べられたそれらが一様にひたひたのシロップの海に浸かっていることだった。手がねちょねちょしそうなお菓子だな……。しかし初見参の私、買わないわけにはいかない。

店にあった全十四種を購入、持ち重りのする包みを抱えて帰り、いざパンドラの箱を開けて食べ始める。以下そのときのメモから。「三角。パイ。中はナッツ」「パイをくるくるして半分折りにしただけ。シンプル。もちろんシロップ漬け」「巾着型。パイ。中はココナッツと糸の巻いたの」「全体を糸で巻いてある。中ナッツ。シロップが糸にダラついて、あんたオバケみたいやで……」。

要するにいくつ食べても単純にして単調、パイとナッツと糸とシロップの味のみ。パイはバクラヴァ、糸はカダイフィといい、その名もシロピアスタ（シロップ漬け菓子）というギリシャの伝統菓子である。

血糖値が上がりすぎた頭で、つまりこれは日本の和菓子の練り切りと同じなのだと思う。伝統技術をもって季節を表す色と形で目を楽しませるが、味はどれもほぼ同じ……。とはいえ、古来甘いものは贅沢の象徴、甘いはうまいと同義語であることを思えば、甘さに文句を言うなんて千年早い。

その晩、港町の食堂で食事を終えると、例のオバケが食後酒とともにすっと出てきた。クレタの伝統酒チクディアをなめながら食べる。おいしい。これはお抹茶に練り切りの法則か？　昼間のドカ食いとは別物の味わいだ。

ものには食べ方があって、伝統菓子はその甘さを大事に味わうのがよいのだよ、ということを今さらながらに学んだクレタの夜。復活祭を祝う正教会の鐘がリンゴン、リンゴン鳴っていた。

スイス／ツェルマット

スイスのお菓子でいちばん好きなのは焼きメレンゲだ。メレンゲを食べていると、メレンゲってなんでこんなにおいしいんだろうといつも思う。一日三食メレンゲでもいいいと思う。死ぬ前になにを食べたいか聞かれたら、おうどん（関西出身なもので）とチョコレートと答えようと常日頃から考えているが、もしかしたらチョコレートよりもメレンゲの方が好きかもしれないとメレンゲを食べるたびに思う。

しかしこのお菓子大国日本において、メレンゲはそれほど市民権がなく、残念ながらメレンゲを食べる機会はほとんどない。おそらくヨーロッパ諸国と違って日本は湿度が高いため、乾燥が命のメレンゲはすぐにしけってしまうからだと思われる。そのせいか日本の店のメレンゲは極端に小さく量が少なくしかも高い。これではそのおいしさに感激しながら心ゆくまで食べることができず欲求不満に陥るので、日本では買わないことにしている。そんなに好きなら自分で作ればいいのだが、弱火のオーブンで一晩中焼き続けなければいけないと聞き、火事がこわくてすっぱり諦めてしまった。

そんなわけで、メレンゲはもっぱらスイスに行ったときに買い込み、スイス土産には必ずメレンゲをリクエストする。もちろんスイス国内にもお菓子分布図があり、メレンゲ地域と非メレンゲ地域に分かれていて、フランスに近い地域にメレンゲ率が高いようだ。メレンゲ土産は頼まれた方が災難で、中身はほぼ空気のこのお菓子を美しい姿のまま持ち帰るのは至難の業である。たいがいは原型よりも砕けた粉の方が多いという結果に終わるが、それでもスイスのメレンゲは甘く大きくたっぷりとして食べ甲斐があり、毎度メレンゲの作り主と運び主に感謝することになる。

日本にも卵白と砂糖を使って寒天で固めた淡雪なる和菓子があるが、同じ卵白菓子でもこちらはむにゃりとした口当たりで、滋養菓子の翁くささを感じて好きになれない。メレンゲ菓子には、からりと乾燥し透明感のあるスイスの空気がごとき軽やかさと甘さこそがふさわしい。

ところで、かの『徒然草』には大根好きで毎日大根を食べていたお役人の話が出てくる。あるときこのお役人が敵に攻められた際に、どこからともなくふたりの兵士が現れ、窮地を救ってくれた。お役人は驚いて、貴方はどなたかと聞くと、「毎日召し上がって下さった大根です」と言って去っていった……という話なのだが、私もこれだけメレンゲが好きでこれだけ食べていたら、困ったときにメレンゲの精――兵士よりも妖精の方がしっくりくる――が助けに来てくれるのではないかと子どもじみたことを考えながら、そのおいしさにひとり恍惚としているのであった。

カタール／ドーハ

女の人は旅に出るとき、行き先の国の知識はそこそこに、現場では行き当たりばったりで行動し、帰ってから本を読み、体験と照らし合わせて楽しむが、男の人は行く前に知識と情報を入れ、計画的に行動し、帰った後は資料など見向きもしない。先日旅における男女の相違について知人と意見が合い、大いに盛り上がった。私も当然前者で、どこへ行くにもなにも調べず、機上で案内書を斜め読みしているクチだ。出会いと体験がすべてとうそぶいてはいるが、その無知によって思わぬ損をすることもある。カタールのナツメヤシがそれだった。

ヨーロッパへの格安航空券が中東経由だったがために降り立ったカタールだが、乗り継ぎとはいえ私にとって初めての中東である。すてきな中東土産&お菓子に出会えるに違いないと空港内を歩き回るが、発展著しいアラブの石油国は土着の土産物など推奨したくないのか、万国共通の豪奢な免税品しかない。諦めきれずにお菓子売場を徘徊するに行き当たった。

と、茶色い干し果実の山、もといナツメヤシ、最近はデーツと呼ぶドライフルーツの棚に行き当たった。

一度は食べたことがあるはずだが、味は記憶にない。そもそも日本で売られているドライフルーツはそのほとんどが輸入物で、上手に甘味が凝縮したものならいいが、干からびただけのものもあって、うっかり手を出せない。このしわしわの実も疑わしいし、もとより果物も魚も生の方が断然おいしいと思っているので、我ながら干物系には冷たい。それにこれはいわゆる保存食であってお菓子ではないと言いたい。でも他に買うものもないしと、いちばん小さな箱を購入した。

さて、そのナツメヤシをザックの底に入れたままヨーロッパの旅を終え日本へ帰国し（こういうときに干物系はよい）、ようやく小箱を開けてみた。何事も体験ですからと食べてみる。……意外や味は甘く濃厚な干し柿に似て、食感は固めのゼリーに似て悪くない。悪くない、悪くないよ、ナツメヤシ！

かたわらで留守居だった夫がこともなげに「カタールはナツメヤシで有名なんだよ」と言う。慌てて調べてみると、なんとナツメヤシはペルシャ湾沿岸原産で、紀元前数千年前から食され、コーランにも記述があり、イスラム教徒にとっては聖なる食べ物であり、中近東の砂漠地帯における重要な栄養源であると知り、愕然とする。あの荒涼たる乾燥の大地にあって、砂漠の民の生命をつなぐ保存食として、かつ心休まる甘いお菓子として、ナツメヤシは大事な大事な実だったのだ……。無知蒙昧を深く恥じると同時に、その味のよさに、もっとたくさん買うんだったと深く悔やんだ私であった。

日本語教師と大判焼

宿の前の坂を下り切って町へ向かって歩いていくと、甘い香りが漂ってきて、ついふらふらと近づいていくと、屋台で大判焼を焼いていた。大判焼といってもホットケーキをぱたんと半分に折ったような半月形のお菓子で、こんがりきつね色に焼けたものがどっさり、外からもよく見えるように積んである。屋台にはMARTABAKと書いてある。

焼きたてをひとつ頼んで、おじさんが手際よく焼いているのを見ていると、私の後ろに並んだピンクのヒジャブをかぶった若い女の人が、日本人ですかと日本語で話しかけてきた。これとてもおいしいですと教えてくれる。日本語がお上手ですねと言うと、笑顔になって、州都パダンの大学で日本語を勉強しました、今は小学校で日本語を教えて

います と言う。それは上手なはずだ。先生の流暢な日本語はもちろんのこと、インドネシアのスマトラ島の小学校で日本語が学習科目になっていることに驚く。

先生は日本人を相手に会話を練習したそうなのだが、あいにく私はひどい口内炎ができていて、口がふがふがしてうまく話せない。日本語とはこんなに歯切れが悪いものなのかと思わせては申し訳ない。しかし無愛想な日本人と思われるのも心外なので、ゆっくりと丁寧に話す努力をする。そうして会話していると、自分がはたして正しい母国語を使えているどうか不安になる。旅先で出会う外国人も私のつたない会話の相手をしながらこんなふうに思っているのかもしれない。

焼きたての大判焼は外側がふっくらした小麦粉生地で、中に黒米を甘く煮たあんとホイップクリームがたっぷり挟まっている。頼むと包丁でさくさくさくと四等分に切ってくれる。甘くて温かくてことのほか美味である。

おじさんが出してくれた椅子に座って食べていると、先生は包んでもらったものを持って、さようならと挨拶して帰っていった。職員室に戻って先生方でお三時に食べるのだろうか、それとも家で日本語の勉強をしながら食べるのだろうか。

ひよこ豆のスープ

春のクレタ島を車で走っていると、鳥のさえずりとヤギの首の鈴の音しか聞こえず、白い花をたっぷり咲かせた木と、曲がりくねったオリーブの古木と、なだらかな緑の丘しか見えない。空気も暖かで晴れた陽光も心地よい。なにもかもが穏やかでのどかな朝。町に行かないかぎり人にも会わない。たまに同じような車が通り過ぎるだけ。

そんな道を走っているから、あるのは人家と納屋で商店もない。午後になって空腹を覚え、小さな町へ寄って、食堂と思われる平屋の建物に入った。

なにかありますかと出てきた店主らしきおばさんに聞くと、厨房に連れていかれて、寸胴鍋の蓋を取って、これしかないと言う。のぞくとそれは白い豆の浮かぶスープだったので、これ下さいと頼んで、古ぼけた木の机と椅子に座ると、平たいお皿にスープを盛ったのを、厚切りパンと一緒に持ってきてくれた。

豆はひよこ豆（ガルバンゾー）で、鶏ガラでしっかりブイヨンをとったチキンスープである。豆と鶏肉の他にお米も入っていて、これがおいしい。

おばさんは常連らしきおじさんと大声でしゃべっている。このスープは家でもつくってみようと思って、食べながら味を覚える。

外に向かって開け放たれた食堂に、昼下がりのそよ風が通り抜ける。

ここまで来る途中で抜いたヤギの群れが追いついて、また抜いていった。

バター茶

ネパールのバッティ（茶店）で飲むバター茶も長らく未知なる飲み物であった。未知ではあるが味の予測はできる。おそらく紅茶にバターのかけらを落としたような味ではないだろうか。飲みたいかというとちょっと遠慮したいが、山岳民族にとっては貴重なタンパク源摂取の方法であって、薬みたいなものだろうと思っていた。

ポカラのレストランのメニューにあったお茶は店名を冠したもので、ティーカップにきちんと入って出てきたので、そしてその店はろうそくのあかりでガーデンディナーを楽しむような洒落たレストランだったので、手もとも暗く、お茶に油が浮いているなんて思いもせずに、勢いよくごくりと飲んだのだが、それは正真正銘のバター茶であった。

驚きのあまりカタカタと音をさせてカップをソーサーに置く。これバター茶だ。そうなの、あんな名前ついてたらわかんないよねえと言いながら試しに飲んだ夫は、これまで何度もネパールの山中でバター茶を飲み続けてきただけあって、これバター茶にしては最高級の部類だわと感心している。思うにバタースープなどと名づけてくれればその心構えで飲むのであって特段問題はないのだが、お茶と呼ぶからおかしな気持ちになる。

しかしその味は私が長年思い描いていたものとほぼ同じだったのは収穫であった。お茶とはほっとひと息つくための嗜好品と考えれば、チベット族にとってバター茶はそのものだろうし、味の好みはそれぞれ。茶葉の味だけがお茶だと思い込んでいる私の方が間違っているのだ。

ハニービール

学生時代にロシア文学ばかり読んでいて、帝政ロシアで完全にときが止まっていた私としては、ロシア人はサモワールでお茶を沸かしてジャムをなめ、ウオトカを飲んで酔っぱらい、肉の入っていないカーチャをすすり、商店の棚にはパンのひとつも置いていないというのがロシアに対する固定観念であった。しかしそれは外国人が、日本文化はサムライ、ゲイシャ、フジヤマと思っているのに等しい。現代ロシアのスーパーにはものが溢れているし、レストランではさまざまな料理が供される。

新しくこぎれいなレストランに入って、まずは乾杯とアルコール欄を見ると、豊富なメニューにハニービールなるものがある。それもライトとストロングがある。蜂蜜ビール？　なんだか爽やかな響きだこと。あたくしはこれにいたしますわ。

運ばれてきたのは、すらりとしたグラスにたっぷり注がれ、泡は少なく、うっすらと蜂蜜色に濁ったビールだった。ほのかな甘味と酸味のある、喩えていえば、春の草原の幸福感を詰めて溶かしたような味わいだった。いったいこの味はどうやって作られているのだろう。酵母を発酵させるところから始まっているのか？　それとも後から蜂蜜を混ぜているのだろうか？

これまでに行ったロシアの極東地域では、郊外の道路沿いにテーブルを置いて、自家製蜂蜜を売る人々をたびたび見かけたし、このサハリンの町でも、日曜市で自家製の蜂蜜を何種類も売っている店は何軒もあった。ビールに上手に蜂蜜を混ぜるのはロシア人の隠れた技なのだろうか？

以来ずっとあのハニービールの味を探しているのだが、出会うことはない。もしかしたらあれも小説のなかの出来事だったのかしら。

スイスのランチバッグ

ヴァリス地方の旅はスイス政府観光局主催のメディア向けツアーで、二週間の長丁場であった。カメラマンと私のふたりの日本人はなぜかアメリカメディアの団体に合流し、トレイルをハイキングしたり、アクティビティに参加しながら移動していった。

ツアーでは毎朝出かける前に行動食が配られる。場合によってはランチにもなるバッグは厚手のビニール袋に入ってかさ高で重く、日本ならばもっと軽くコンパクトにするであろう代物なのだが、皆それをデイパックに無造作に入れて歩き出す。一緒に歩いてみて初めて知ったのだが、アメリカ人たちは足が速く、しかも休まない。歩き出したら午前中いっぱい一度も休まない。スイス人ガイドがあきれるほどである。

ビニール袋に入った行動食は、立ったまま、あるいは柵などに寄りかかって食べる。中身は紙パックのリンゴジュース、ラップに包まれたチーズサンド二切れ、ポテトチップスの小袋、リンゴ、洋ナシ、ミニパイかチョコレートといったところで、重さの割には質素である。その質素さがやはり昔ながらの山岳国だなと思う。

ランチバッグの中身は毎日少しずつ変わったが、リンゴだけは間違いなく入っている。日本の大きくて赤くて香りのよい立派なリンゴと違って、小さくて固くて緑がかった酸っぱいリンゴで、海外でスーパーに行くとたいていどこの国でもグラムいくらで置いてあるようなリンゴである。

そのリンゴに、アメリカ人たちもスイス人ガイドも、ぱくりとかぶりつく。私もかぶりつきながら、彼らはこういうリンゴを食べ慣れているんだなと思う。日本人にとってリンゴは大きく、皮をむいて食べるもので、山のお弁当に丸ごとリンゴを持っていくなんて、今の登山者は考えもしない。けれどもスイスではその小さくて固くて酸っぱいリンゴが丸いまま、ランチバッグから毎回顔を出す。

彼らにとってはこれがリンゴであって、なにせ聖書に登場するくらいだから、いにしえより身近にあって、秋になれば裏の畑で古木が実をつけ、日頃から食卓にのぼるのが当たり前の果物なのだろう。日本でも昔はよく庭先にカキが植えられていたが、あのように親しげな関係なのではないだろうか。日本に西洋リンゴが入ってきたのは明治初期だから、リンゴに対する気持ちも違うのだろう。彼らは日本人のように品種改良を重ねて大きく味よいリンゴに変えていくよりも、昔ながらの小さくて固くて酸っぱいリンゴに満足して食べ続けている。

ある日のハイキングは朝から雨がちで、長旅の疲れもあってか、一行は最初くさっていたが、雨宿りをしながらランチバッグを食べた後、午後になって晴れ間が出てくると陽気になり、誰が言い出したのか、豚や鶏や牛や馬など、いろんな家畜の鳴き声を各国語で叫び合っては大笑いしながら、雨上がりの濡れた草原を下っていった。

BERGHAUS
MATTERHORN &
HÖRNLI - HÜTTE
3260 MüM
Lager u. Doppelzimmer

ポテトフライとジブラルタル

モロッコのサハラ砂漠に行くのに、わざわざスペインのマドリッドへ飛んで、鉄道でアルヘシラスまで行き、船でモロッコのタンジェに入ったのは、単にジブラルタル海峡を渡りたいがためだった。

ジブラルタル海峡はヨーロッパ大陸とアフリカ大陸を隔てる海峡である。距離にして約十五キロ、片道約二時間ほどの短い船旅だが、小学生の頃から社会科で、その異国の香りに満ちた魅惑的な名前を聞いてきたのだから、機会があればぜひ渡ってみたいと、無理に旅程を組んで訪れたのであった。

朝九時過ぎにマドリッドで特急に乗ってアルヘシラスまでは約五時間。港に着くと、夕方十六時頃に出航する最終の船便までまだ少し間があった。

朝からパニーニひとつでお腹がぺこぺこだった私たちは、とりあえずレストランで腹ごしらえをしようと考えた。最終便の船でモロッコに着いても、すぐに食事にありつけるかどうかもわからない。先に切符だけは買って、港からやや離れたレストランに入った。離れすぎている気もするが、停泊している船もよく見えるし好都合だろう。

お腹減ったねと言いながらメニューを見る。どれもボリューム満点で目移りするが、シンプルにステーキにする。付け合わせにポテトフライがどっさり載っているのも気に入った。私は細切りのポテトフライに目がないのである。とはいえ自分では作らないし、外でもめったに食べないので、こういうときにポテトフライが贅沢にお皿に盛られていると、ひどく充足した気持ちになる。

しかしどうしたことか、注文を頼んで三十分以上経っても料理が来ない。いくら時間があるとはいっても、出航の時間は刻々と迫ってくる。座っている窓際からは私たちの乗る大型フェリーが見えているが、今にもあれが動き出すのではないかと気が気でない。スペイン人は案外せっかちで、乗客が揃っていなくても、最終便でもあることだし、定刻より早く出してしまうかもしれないではないか。

じりじりして料理が出てくるのを待ち、やっと出てきたのは出航十分前だった。猛スピードで食べ始めるが、もう今行かないと絶対間に合わない、乗り遅れたらここに泊まらなければならない、とにかくお金だけ払って出るしかないと夫が叫び、私は驚いてお皿の上を見た。え？　私のポテトフライは？

次の瞬間、私は残りの肉と一緒にポテトを紙ナフキンで包んでわしづかみにして走り出した。夢中で走り続けて港に着き、桟橋で待っていた乗務員に切符を渡して無事船に乗り込んだ。座席に座ってひと息つくと、船は動き出した。

窓からは私たちが先ほどまで座っていたレストランが見えている。私は手に握りしめていた脂ぎった紙ナフキンを広げ、ゆっくりと細切りのポテトフライを味わった。

船は静かに航行していく。やがて客室の隅にイミグレーションコーナーが設けられ、出入国審査が始まった。乗客は三々五々立っていってその前に並び、パスポートにハンコを押してもらう。海上でイミグレーションを受けるなんてどんなだろうと期待していただけに、拍子抜けするほど簡単だった。

席に戻って外を見ると、灰色の夕空の下に鈍色の海が平たく広がっている。ジブラルタル海峡といっても海であることに変わりはなく、今まで見てきた海となんら変わることはない。

目を覚ますと、もうモロッコだった。あんなにジブラルタル海峡を船で越えたいと言っていたのに、ほとんど寝てたよと夫はあきれていた。さては大量のポテトフライのせいでしょうか。

夜明けのスープ

なにがいけなかったのか、早朝から尋常ならざる腹痛でのたうち回っていたが、ただ我慢していてもこれは治らないと悟り、現地カトマンズの知人に紹介してもらった外国人御用達の病院に駆け込み、検査を受けたところ、そのまま入院する羽目に陥った。点滴をすれば、薬をもらえば、すぐにホテルに帰れるだろうと思ったのが誤算だった。

観念して病室に入ってベッドに横たわり、薬のせいかぐったりと眠くぼんやりとしてきて、とにかく安心して寝ようと思って眠ってしまう。夜中にナースが来て、いろいろ計ったり薬を飲まされたり点滴を交換したりしたのは覚えているが、その後も朝まで目を覚まさずに寝た。ぐっすり眠ったので、だいぶよくなった気がして、起き上がる。

五時にナースが来て、朝食はどうするか聞いてくれたので、スープを頼む。外はまだ暗かったが、いちばん鳥が鳴き始めて、鳥が鳴いているから朝だなと思うと嬉しかった。スープはすぐ持ってくると言っていたけど、三十分以上経っても来ない。忘れちゃったのかなと思っていると、小一時間ほどして小さくノックの音がして、炊事係の上着を着た色の浅黒い小柄な男の人がそうっと入ってきた。両手で持ったお盆には大きなボウルが載っていて、彼はそろーりそろーりと私のベッドに近づき、備え付けのテーブルに慎重にお盆を置いた。のぞくとそれはクリアスープで、うつわの縁までなみなみと入っていて、具はなにも入っていなかった。二、三歩下がったところに立って、やや心配そうに、これでいいかと彼は聞き、ありがとうと言うと、軽く頷いて出ていった。

私はスプーンを手に取って、スープをすくって口に運んだ。それはニンジンやタマネギやブロッコリやジャガイモなど、この国でよく食べられていて、旅の間じゅう私も食べてきた野菜をふんだんに使った、味と栄養が渾然一体となった、温かいスープだった。

彼は注文を受けた後、厨房の野菜を選んで切って時間をかけて煮てきれいに漉して、手抜きを一切せずに、ひとり分のこのスープを作ってくれたのだろう。おいしかった。

葉包みの正体

その葉包みに出会ったのは、ニューカレドニアの首都ヌメアの朝市だった。それは円筒形で、直径五〜六センチ、緑色の葉に包まれている。そこに横横横縦と、上手に紐を掛けてある。紐も植物素材である。それがガラスケースの中にごろんと二本入っている。ふむ、これはなんでしょうかと眺めるが、ニューカレドニアは仏領、白人も現地人も全員フランス語を話し、英語はほとんど通じないので尋ねることもできない。

葉で包まれているもの（特にお菓子）には興味があるので、できるだけ買って食べるようにしており、これもトライした方がいいだろうと思うが、その丸太ん棒を売っている店は惣菜屋のようでもお菓子屋のようでもあり、店主はまたこの島に多いベトナム系のおじさんで、お互い困ってにこにこするだけである。

別のケースにも、肉まんに似た白い厚い丸い皮で具の上下を挟んだミニバーガーふうの食べ物があって、それにも皮の上下に小さく切った四角い葉っぱがついている。先ほどそれも観察していたら、現地の若い女の子たちが三人連れだってやってきて、目の前でそれを買って、これとってもおいしいからおすすめよ、と（英語で）教えてくれたのだった。おすすめに従っておじさんに頼んでひとつもらったら、白い皮は肉まんではなく白餅で、もちもちしていて、間に入った甘いでんぶのような肉とも合っていて、とてもおいしかった。

なので、その丸太の葉包みもお菓子ではないかと推測するのだが、お菓子だとなおのこと、ちょっと太い羊羹ほどの大きさなので、失敗したときのダメージが大きすぎるし、おいしかったとしてもカロリー的にかなり危険水域である。でももしかしたらものすごくおいしいかもしれない。先ほどの白餅であんを巻いてあるとか、どうだろうか。これは調査的にはぜひ食べるべきではないだろうか。しばらく逡巡して買うのをやめた。

しかしそれがなんであったかがやはり気になる。帰国後、写真を頼りに調べてみると、動画サイトで調理法が公開されていた。しかもイージークッキングと銘打っている。食い入るように見つめると、陽気な作り手の女性は大量の豚ひき肉を調味料とともになめらかになるまでしつこくこねている。肉？　と思ったところで、四角く切ったバナナの葉を取り出し、そこにこねたひき肉をどすっと置いて、平たく伸ばしてからぐいぐいと丸めて包み、蒸し器にぽいと入れた。

正体はハムであった。

葉で包む

タイにはこれまで六回訪れているのだが、そのいずれもが南部の島々でのダイビング三昧で、食に対してはほとんど興味をもっていなかった。またそうした島には欧米からの外国人客が多く訪れるため、食堂が作るのはハンバーガーやパスタといった料理ばかりで、現地食はカオパ（焼きめし）やパッタイ（焼きそば）などに限られている。日本食でいえばラーメンとざるそばしかない状況である。お菓子も袋入りスナックばかり。それでも別に、若い時分は問題なく過ごしていたのであった。

しかし八年ぶりのタイの行き先は海ではなく山、ラオスとの国境に近い東北地方イサーンである。電車とバスで内陸部の山あいをめざすと、あるわあるわ、地元菓子がそこらじゅうで売られている。町の日常風景を構成する屋台はもちろん、市場、商店、巨大ショッピングセンターの地下食品売場からお寺の境内の露店まで、まさに百花繚乱である。おやつeaterを自認していながら、これまでの不明を恥じ、端から購入し研究しようとするが、胃袋はひとつしかなく、じきに行き詰まってしまう。買う買わない食べる食べないの境界をどこに引くのか。私が特に心惹かれたのは葉で包むお菓子であった。

食物を葉で包むのはどの国においても太古から受け継がれてきた文化であり、植物の葉とは食器であり、調理道具であり、防腐剤であり、携帯用弁当箱でもあった。しかしタイではその数がいまだあまりにも多い。プラスチック製の包装容器が(社会問題になりつつも)世に溢れている現代にあって、葉で包む食文化がこれほどまでに残されているとは。それは単に文明が遅れているのではなく、これまでずっとそうしてきたから、そうしないとこの味が出ないから、という積極的な理由なのだ。つまりタイのおやつ(の一部)は植物の葉あってこその味。包むのに使うのはバナナの葉がほとんどで、他に竹の皮やパンダンリーフなどが使われている。

しかしながら異邦人としての弱みは、葉に包まれた中身がなんであるか、食べるまでわからない点である。葉包みは職人の手技によって皆美しく整えられ、まるで工芸品の域だが、中身を明かさない分どことなく謎めいている。怪しげな葉包みの前で、はたしてこれはいかにと凝視していると、お店の人は気の毒になるのか、惜しげもなく自ら商品の包み（葉）を開けて見せ、さあ食べなさいと勧めてくれる。いやそんな、売り物をすみません、とか言いつつのぞき込むと、たいていは思ってもいなかった食物が現れる。

中身は甘いとは限らず、おつまみのようなしょっぱい味も多い。最初に出会ったのはどってりと持ち重りするバナナの葉包みで、楊枝で一箇所留めてある。通じない言葉よりも開けた方が早いとばかりに見せてくれた中身はどう見ても餃子のあんのごとき半生肉のパテだ（！）。ハーモォと呼ぶらしい。これ、このまま食べるの？　ええ、そうよ。ええいままよと口にすると、ネギとパクチーと唐辛子入りのれっきとした生肉である。

次に口にしたのはカノムティアンという、バナナの葉で三角形に包まれた小さな葉包み。開くと葛桜のような透明餅に青豆とネギの中華風のあんが入っており、コショウの風味が効いている。お菓子というよりは手軽なおやつで、その形からろうそく菓子ともいわれ、中華系タイ人の行事食でもあったようだ。夜店でも売られていて、五、六個入りで二十バーツほどであった。

その隣はバナナの葉でくるりと巻いたカノムグルアイで、バナナとココナッツミルクと米粉とキャッサバ粉を混ぜて蒸して作った、いわばバナナ餅である。バナナよりももっちり感の増したバナナのお餅、バナナ好きにはたまらない味だ。昔は庭にバナナの株のある家庭ではふつうに作ったという。

葉包みの中身の材料はおおむねバナナ、カボチャ、芋、豆、米、餅米、タピオカなどで、芋、豆、米、餅米、小麦粉などを使う日本の地元菓子と大差ない。地元菓子とは本来その土地で収穫した作物で作られるものであることをタイの田舎町で再確認する。

甘いお菓子の場合はココナッツ味が断然多いが、特筆すべきはその食感である。彼らの好む食感は圧倒的にむにゅむにゅ系である。ゼリーよりも弾力があり、寒天よりもやわらかい。葉包み菓子だけでなく、その他のお菓子もむにゅむにゅ、もちもち系が多い。あん入りあん載せ、またはシロップに投入など、最終形はさまざまだが、あくまでも主体はむにゅむにゅだ。
むにゅむにゅの正体はおおむねキャッサバの根から精製したタピオカ粉だが、餅米のもちもち感も大好きでその食感を楽しむ。パンダンリーフを使ったタゴーサークー（田子作？）はコーン入りのタピオカの台の上に甘いココナッツミルクをゆるく固めて載せたもので、上下で違うむにゅむにゅ食感を楽しめる。ちなみにサークーはタピオカの意。上に載せたココナッツクリームにはパンダンリーフの香りづけをするのが正統だそうだ。むにゅむにゅ、もちもち好きは日本人とて同じで、餅やだんごやういろうを愛する感覚と変わりはなく、深いところでつながりがあるようにも思われる。

葉で包むとは異なるが、竹筒を容器に使ったおやつにも出会う。タイでは餅米をハオ・ニャオといい、ココナッツミルクと砂糖で甘く炊いたおこわがお菓子によく使われている。これを竹筒に詰め込んで蒸したのがカオ・ラオだ。竹は剥きやすいように外側の表皮をあらかじめ取ってあり、露店の店頭でタイの山岳少数民族出身とおぼしきおばさんがぐいぐいと剥いて食べさせてくれる。竹の薄皮の繊維が餅米に張りついておりますが、大丈夫でしょうかと思うが、口に入れてしまえば不思議と気にならない。白いおこわと、豆を入れて色づけした赤いおこわ（赤飯）の二種類があり、もちもちしておいしい。竹の皮を剥きながら手でちぎって食べる、格好の携帯食である。

これは九州鹿児島のあく巻きにも近いのではないだろうか。あく巻きは灰汁に一晩漬けた餅米を竹の皮に詰めて再び灰汁で煮た郷土食で、灰汁の臭みにさえ慣れてしまえばなかなか乙な味、きなこをかけて食べる。昔は戦時の兵糧でもあったという。

葉包みの調理法は蒸籠などで蒸すことが多い。葉のもつ水分と成分がほどよく食物に浸透するからだろう。むにゅむにゅ系ではないが、カノムターンという鮮やかなオレンジ色をした蒸し菓子も印象的である。経木のような、木の皮を割いて作ったものでくるくると上手に巻いてある。三角巻きが多いが、四角く編んだ葉の小籠に入っているものもある。明るいオレンジ色はカボチャかと思いきや砂糖椰子の繊維の色で、食感はぽそぽそして食べ慣れない植物の味がするが、作るのに手間がかかる上、砂糖椰子が採れる二月から四月にかけての季節菓子でもあるため、それほど多くは見かけない。

タイのお菓子はこうしてオレンジ、赤、青、緑と、原色に近い鮮やかな色をしているのが特徴だが、それらはもともと花や実など植物のもつ自然の色を生かしているのだ。日本でも葉を敷いた蒸し菓子は沖縄や九州で、あるいは東北でもよく見かける。使う葉はサンキライやゲットウや笹、竹などまちまちで、お菓子ももっと大きいが、敷いて蒸すところはよく似ている。

どのお菓子も食べる際は葉を開いて取って食べるが、ラオス国境のチェンカーンの屋台では葉ごと生で食べるおやつに遭遇した。

その場で女の人が作っており、日本では見かけない、厚い木の葉のような葉を二枚重ねて、手際よくタマネギやピーナッツや肉だれなどを入れ、ささっと折り畳んで小さな山型に包んでしまう。串に四個刺したそれを火で炙るのかなと思ったら、そのまま食べろと言う。一串約二十バーツ。またしてもここで運だめし？ 屋台で生ものという衛生面はもとより、厚い葉の葉脈も硬そうだし、私は桜餅の葉脈でさえ苦手なのだ。しかし生肉も問題なかった我が強靱なる胃腸、ええいままよと口に入れると、葉はやわらかくフレッシュな風味が広がり、中の具をひとつにまとめて、意外や爽快な食物である。アローイアローイ（おいしいおいしい）と女の人と笑い合う。古くから人々に愛され、ときを経て残ってきた地元菓子は、どの国でもおいしいのが当たり前なのであった。

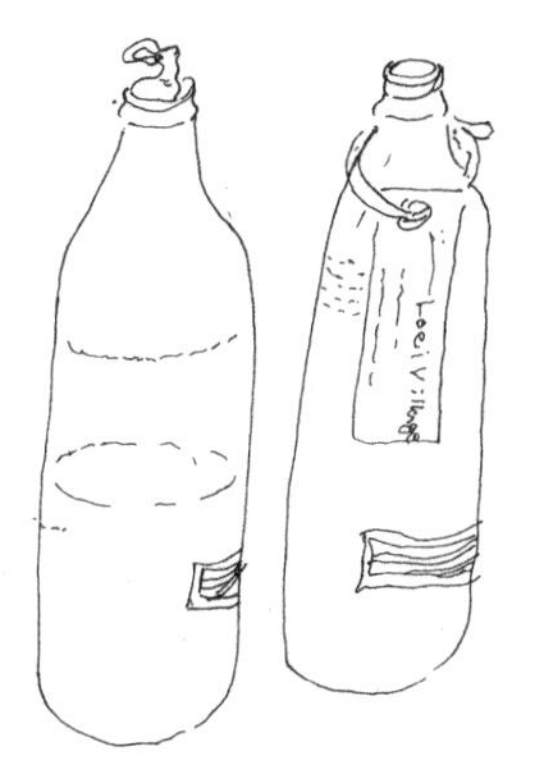

タイの午後

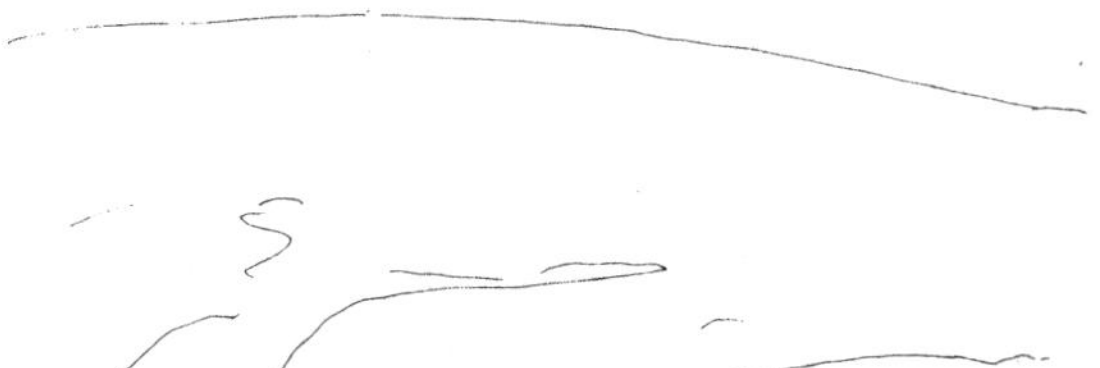

夜行列車の風

十年以上前に来た首都バンコクの中心駅、ファランポーンの構内は旅人も売店も多く、匂いも景色ももっと雑然としていた印象があるが、妙にスカッとしていて、こぎれいに整備されていた。

しかし、巨大なドーム状の屋根や、地面に十数本の線路が引き込まれた番線の造り、鉄の塊のように重厚な車両は以前のままで、ディーゼルのブォーという機械音や、今まさに乗り込もうとする人間の小ささ、これから夜の闇を走っていこうとするせつなさやよるべなさはまったく変わっていない。変わったのは発車時刻や行き先を示す掲示板が電光掲示になったくらいだ。

鉄製のタラップで上がった客車内の内装もほぼ同じである。指定の座席に座っていると食事も飲み物も売りに来る。容器は発泡スチロールからプラスチックに変わったけれども。乗車前に駅の食堂で軽く食べてはいたが夕食を頼む。デザートも選ぶ。給仕人に勧められたタロイモ入りのタイ風おしるこはすばらしくおいしい。

列車はゆっくりと動き出し、暗い窓の外を見ていると、座席を簡易ベッドに早変わりさせてシーツを敷いてくれる係の人が来る。これも変わらない。手早くきれいに本日のベッドメイキングをしてくれる。洗いたてのまっ白いシーツである。

車内に次々にシーツが敷かれてゆくと、乗客はそそくさと寝支度を始める。さっとカーテンを閉めて寝てしまう人、まだおしゃべりしている人。私は上段にハシゴで上がり、ザックを足もとに置き、狭いベッドに横たわって毛布をかける。線路を走る列車の振動が静かに背中に伝わってくる。その振動を感じながら、すぐに寝入ってしまう。

通路のあかりは夜通しついたままで、夜中に何度も目が覚める。そのたびにすうすうと風が体の上を通っていく。その涼やかな風を胸もとから顔に感じると、不思議と安心して再び眠ってしまう。それはどこからかやってくる、タイの夜風だった。

春のぬくもり

バス停もなにもないところで、ここだから降りろと言われてバスを降りると、三輪タクシーのトゥクトゥクが一台待っていた。世界遺産の遺跡と博物館に来る人目当てなのだろう、値段交渉をして乗る。運転手は人のよさそうなおじさんである。昼間の田舎の集落の間のカーブ道をゆるやかに走っていく。

ところがいざ博物館の前まで来ると、休館の札が下がっていた。今日が月曜日だからか、しかし定休日は火曜日のはずである。どうやら臨時休業のようで、おじさんは博物館の正門が閉まっているのを見て、「あれまあ」というような声を出していたが、遺跡の発掘現場なら年中開放していると教えてくれて、やむなくそちらへ行ってもらった。

発掘現場は遺跡発掘時の状態に復元して、屋根をかけて残してあり、通路から見下ろしながら歩けるようになっている。出土品の多くは博物館に収蔵されているのだろうが、こちらにも展示してあり、本物のもつ力強さを放っていて圧倒される。これまで見てきた日本の土器にはない独特の文様である。壺の内部に残る無数の擦痕が、古代の人々に使われていたことを無言で物語っている。

発掘現場を出て、あたりをぶらつく。インドボタイジュの大樹が大枝を広げている。木の下に入ると、枝先にまでたっぷり葉がついていて、その無数の葉がヒラヒラしながらキラキラ輝いている。老樹であるのに若々しく、すばらしく清々しい木である。周囲には枯葉がたくさん落ちていて、拾って触ると結構厚くて固い。裏に黒い点々がついている。落葉は掃いて集めてもあるが、その後に落ちた葉が門に向かってざあっと道をつくって、昼間の光線を反射して銀色に光ってみえる。

ふと老樹の根もとの幹を見ると、自然に割れてできた隙間に木彫りの小さな仏様が安置されている。それとていつのことだったのか、仏様はもうだいぶ幹の内部に入り込んでいる。そのうちに木の中に入ってしまうだろう。それは数年後か数十年後か、もっと先のことだろうか。仏前の根もとにはタイでよく見かける、白いカイガンタバコと赤いミニバラと黄色いマリーゴールドの花飾りが供えてある。

おじさんは我々につき合って遠くの木陰で待っていてくれた。やっと帰ろうというときに呼ぶと、にこにこと戻ってきて、運転席に座って号令をかける。「さあ帰ろう！」というような言葉なのだろう。そして行きとは違う道を通り、小さな集落の間を走っていく。途中、知り合いの家なのか車を停めて入っていったと思ったら、老夫婦と娘が出てきて、博物館は今休館中だよ、気の毒にね、でもまた来ればいいよ、というようなことを私たちに言ってくれる。なにかとても実直そうな人たちである。その人たちを見て、おじさんはやっぱりいい人なんだなと思う。

集落から出て往路に戻り、ゆっくり走っていく。道すがらの風景がのどかである。日本でも海外でもいつも感じるのだが、古い遺跡がある場所はたいてい涼しい風の吹く、空気の澄んだ場所が多い。古代の人々も選んでそこに住んだのだから、それは当然ともいえるが、現代人の自分がその地に立っても心地よいなにかを感じる。地形や気候や水の有無など多くの要因があるだろうが、それだけではない、その土地のもつよさ、いわば気の流れみたいなものが確実にある。山でいうと、ここにテントを張りたいと思うようなごく感覚的なものだが、その実それは本能に近いのかもしれない。それが古代人と同じように感じられる。

風の吹き渡る畑の間に味わいのある田舎家がある。野原では痩せた黒い牛が草をはんでいる。木々の葉がそよいで風は暖かく、光は穏やかに輝いて、空気はまろやかになごんでいる。これは春の午後の雰囲気だなと思う。おそらく太古の昔から、誰もが生きている幸福を、わずかなけだるさとともに全身で感じる、うららかな午後。

おじさんもゆっくりと時間をかけて走っている。私たちにせめてこの場所のこの時間を楽しんでもらおうとしているのが、なんとはなしに伝わってくる。

バス道まで戻り、トゥクトゥクを降りて代金を払おうとすると、おじさんは最後のコインを押し戻した。せっかく来たのに博物館が開いていなくてごめんよ、とでもいうように。そして町へのバスの停まる位置を教え、私たちが道路を渡っていくのを見届けると、クラクションを鳴らして去っていった。今日はもう博物館に来る人はいないだろう。

メコンの流れ

メコン川はタイとラオスの国境の川である。

夕方までは人もおらず、川辺の草むらが静かに夕日に染まっていてよかったのだが、日が落ちて暗くなってから川沿いの遊歩道に出ると、大勢の観光客が闊歩していて、遊覧船が映画『タイタニック』の主題曲を流しながら航行している。対岸のラオス側は黒々と沈んだ緑の森しかなく、家なのか街灯なのか、ぽつんぽつんとあかりが見えるだけで静まり返っている。

しかし日曜日の夜だけはラオス側からも大音響の音楽が聞こえてくる。なにもないようにみえる緑の森から聞こえてくる。あれは隣国に対するパフォーマンスなのだろうか。

宿の主人は、ラオにはよく行くよ、自転車でと言っていた。ラオスは社会主義国で物価が高く、タイの方が安いので買い出しに来る人も多いという。いずれにせよ国境は封鎖されておらず、人々は自由に行き来しているようである。

昔は両岸とも静かで、町角に今も少し残っている、格子窓が印象的な古い木造家屋だけがあって、よく見ると月明かりの下、おばあさんが黙って座っていて、虫のすだく音だけが聞こえるような川岸だったのだろう。

音もなく流れる川面は意外な速さで流れている。広く海のようで、緑色に濁っていて、とうとうとした流れである。今日は川の上に満月に近い月が出ている。

メコンの流れはメコンらしく、いかにもメコンであった。

国境の町の竜神伝説

ノンカーイはメコン川に面し、隣国ラオスと接する国境の町である。川沿いには遊歩道がつけられていて、そのなかほどにタイ政府が後押しする一村一品運動の店ＯＴＯＰがあった。ＯＴＯＰは他の町にもあって、地元の名産品がところ狭しと並んでいる。

ノンカーイのＯＴＯＰは織物や刺繡布などの布製品が主体で、なかでも作り手が半年かけて製作する、細かい織り模様の伝統衣装は、これが手仕事だけで作られたとは思えないほど緻密な仕上がりで圧巻である。熱心な女性店主に製作過程を聞き、織り模様について詳しく説明してもらううちに、ナーガという言葉が何度も出てきた。ナーガ？そうドラゴンです。

どこかで聞いたと思ったら、前日プールア国立公園に行く途中で、ドライバーがぜひにと案内してくれた寺院の境内に鎮座していたのがナーガだった。五つ（または七つ）の頭をもつ大蛇で、体はうねうねと長くウロコがあり、一見して竜ではなくへビである。色も極彩色でおどろおどろしく、これは日本でいうところの、八つの頭をもつヤマタノオロチだなと思う。

そのナーガが生地一面に織り込まれているのである。店主の指先を追ってゆくと、ここにもナーガ、あそこにもナーガ、これもナーガ、あれもナーガ、ナーガ、ナーガ、ナーガだらけである。ただし織物上のナーガはヤマタノオロチ形ではなく、ひとつの体にひとつ（か両端）の頭が基本である。織物だけにお寺のナーガのように恐ろしくはなく、金糸銀糸で抽象模様に表現された竜神たちは、きらきらしてちっちゃな神様の集まりにみえる。

店主はナーガをドラゴンと言い、決してスネイクとは言わない。ナーガは仏を守護する竜神であり水を司る神で、ラオス、カンボジア、ミャンマーなど周辺国でも信仰されているが、姿は異なる。もちろん竜神伝説は日本にも健在だ。おそらく神聖な存在として古代より祀られてきたヘビがインドから渡来し、中国の竜神信仰と混じり合い、タイにおいてはヘビのようでありながら竜と呼ぶ、独自のナーガ信仰が広まったのではないだろうか。流域では洪水などの水害が多いことも信仰の篤い理由だろう。

店主によると、ここから五十キロのメコン川上流では、毎年十月の満月の日にナーガが発した火の玉が無数に打ち上がるという。ナーガの花火？　違う、火の玉です。この不思議な自然現象の原因は不明だが、地域の人々はナーガがメコン川に棲むと信じており、火の玉の出現は仏を称える祝祭なのだろう。ナーガと川で構成された織り模様を当地ではノンカーイスタイルと呼ぶそうだ。

そこまで聞いて、ナーガの織物を置いて帰れるだろうか。大枚はたいてふらふらになって宿に帰り、ふとすでに購入してあった布を見ると、なんとそこにもナーガがどっさり織り込まれていた。

国境の町の竜神伝説

ジャックのおばさん

ノンカーイの町の市場の入口で、屋台でジャックフルーツを剥きながら売っている女の人がいた。子連れの母親が味見をして、すぐにひと袋買っていく。「アローイ」と、近づいてきた私にひとこと言って。

味見用の籠は空になっていたので、女の人はすぐに剥いて手渡してくれる。

ジャックフルーツは世界最大の果物として知られ、とげとげした薄緑色の巨大な実が幹からぶら下がっている写真は教科書でもおなじみだ。日本ではほとんど手に入らないが、東南アジアでは身近なフルーツで、手頃な値段でよく売っている。外側の殻を割ると、黄色い実がたくさん納まっていて、ひとつひとつの実には石ころみたいな茶色い種が入っている。その種の回りの繊維状の果肉を食べるのだが、サクサクとした食感で、ほんのり甘くて、さっぱりと健康的な味である。私はジャックが大好きで、見かけると必ず買ってしまう。

この人のジャックは橙色に熟れていておいしい。キロ売りで私もひと袋買う。

彼女は私が外国人なので、果肉の中に堅い種が入っているから必ず出すように、果肉の回りに残っている白い繊維は全部剥いてから食べるようにと、実際に実を剥いて示しながら教えてくれる。その大きな身ぶりとともに、口もとからきしきしと音が洩れている。それでこの人は話せない人なんだなと気づく。

女の人は笑顔で、身なりもきちんとしていて、髪も豊かで上手にまとめ、爪には黄色いジャックと同じ色のネイルをしている。おしゃれな人である。その人が私に、これはダメ、と教えるときの大げさともいえるジェスチャーが、この人が幼い頃、していいことといけないことをこうして教えられたのだろう、と思わせる真剣さである。私が間違って種を飲み込んだりしないように、なんとか伝えようとするその懸命さが、健常者にはないものに思われて、胸を打たれる。

彼女のジャックはすごくおいしい。袋に手を突っ込んで、ジャックをつかみ出して、歩きながら食べる。なぜだか泣けてくるような気がしてむしゃむしゃ食べ続ける。そして、こうして体のどこかが不自由な人もごくふつうに町角で働いていられる国はいいなと思った。

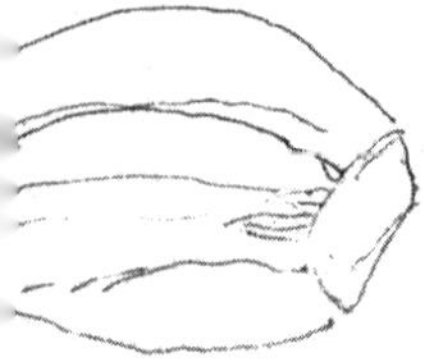

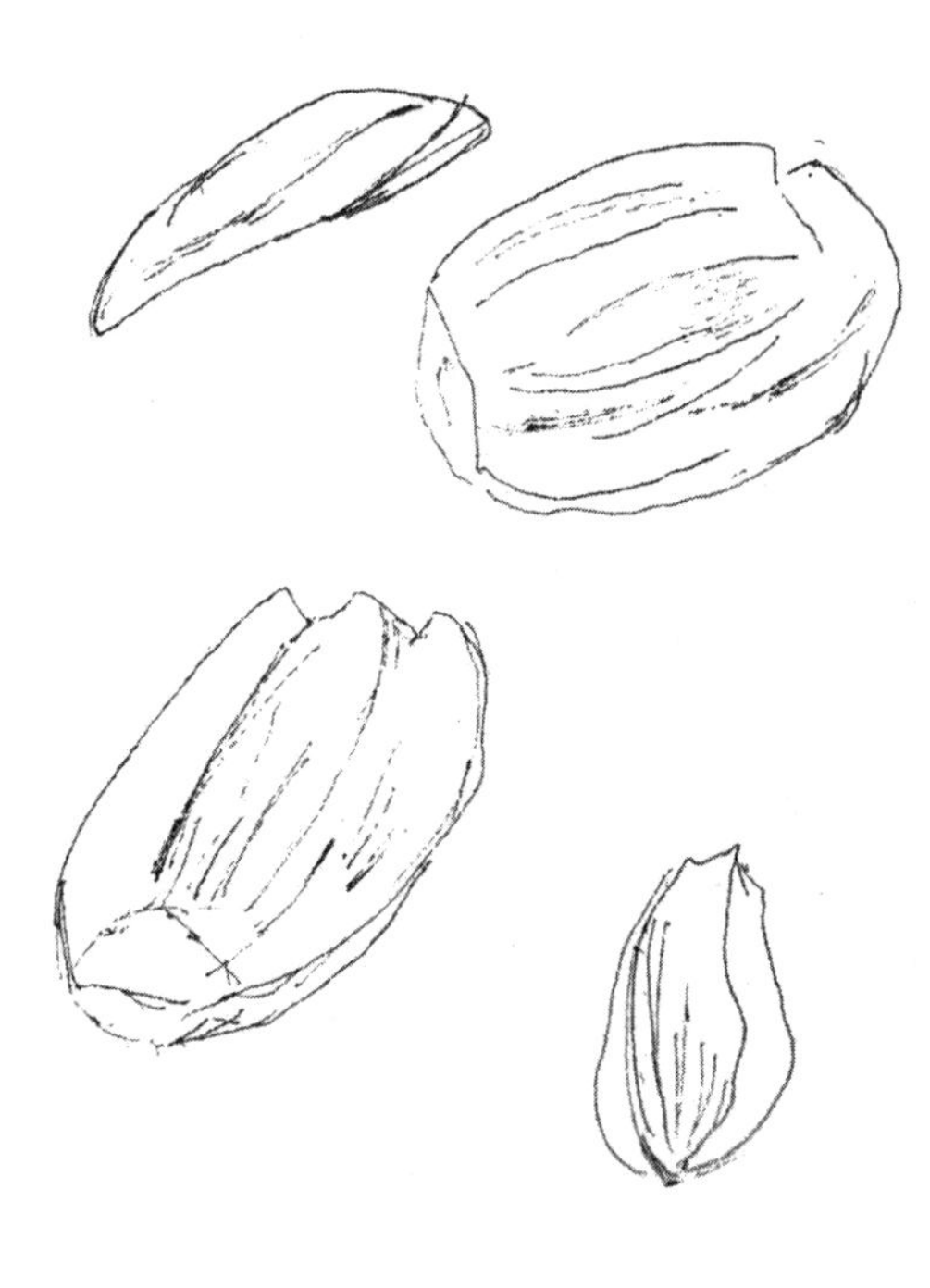

停車場の友

ルーイに戻る長距離バスは途中ドライブインに寄った。日ざしは厳しく外は暑いので、私は車内に残って座ったまま、窓から外を眺めていた。

乗客たちはバスを降りて休憩所に向かって歩いていく。茶色の衣をまとった僧侶、商用らしき男性、つばの広い帽子をかぶった観光客もいる。それらの人々に交じって運転手のおじさんも歩いていく。水色の半袖シャツに焦げ茶色のズボンの小柄なおじさんは左手の方をやや気にしながら歩いていく。誰かを探しているようにもみえる。

そのまま他の乗客と休憩所に入っていったおじさんは、しばらくすると建物から出てきて、入口の広場で手を後ろに組み、バスの方を向いて立った。建物には大きな庇があり、両脇にはベンチが並んでいて、乗客たちは風通しのよいそこに座って休憩している。おじさんは仏頂面で、日陰になったその場所から微動だにせずに立っている。

その横に、背中に黒いぶちのある白い犬がどこからかそろそろとやってきて座った。おじさんは犬が来てもまったく意に介さず、仏頂面のまま立っている。耳からすっぽり黒い頭巾を被ったようなその犬は頬が茶色くかわいい丸い目をしていて、おじさんと同じようにバスの方を向いておとなしく座っている。と、おじさんは手に持った紙で犬の首筋を軽くなでた。そして眉をしかめたまま日陰からさっと日向に出てバスに向かった。犬はお座りから伏せの姿勢になって、その後ろ姿をじっと見送っている。

もう出発なんだなと思っていると、運転手は再びバスから出て、犬に向かって歩いていく。犬は伏せたまま白い尻尾をぶんぶん振っている。犬の前に立ったおじさんは前足の前になにか小さなものを置いた。それはカップケーキだった。

犬は喜んで大きな口を開けてそれをくわえ、くわえたまま炎天下の駐車場に出て、左手に去っていく。犬の白い背中の黒いぶち模様がよく見える。犬はしおれたポインセチアの鉢が並べられた植木棚の前を通り、リキシャとバイクの間を右に曲がって見えなくなった。お気に入りの自分の場所でゆっくりとケーキを楽しむらしかった。

運転手はその後休憩所に入っていたようで、出てくると手にした飴を口に入れて、バスの方を向いて腕組みをして立って、乗客がバスに戻り始めるのを仏頂面で眺めていたが、最後の乗客がバスに乗ったのを見て自分もバスに向かい、運転席に戻った。

ほどなくバスは再び動き始めた。

停車場の友

三人の夜店

メコン川沿いのチェンカーンもよいと聞いて来てみたはよいが、夕方から町に出ると、観光客目当ての露店がずらりと建ち並ぶ、騒がしく混沌とした観光地になっていた。それはそれでにぎやかで、見たことのない食べ物や物産を扱う屋台をひとつひとつのぞいて歩く楽しさも興奮もあったが、日が落ちて暗くなるにつれて通行人は増え、店のあかりはぎらぎらと明るさを増し、ますます騒々しくなっていく。私たちは歩行者天国になっているメインストリートから暗い通りへ暗い通りへと離れ始め、どこか静かな食堂で夕飯を食べて宿に戻ることにした。

そうして曲がって入った、街灯もないほの暗い十七番通りで、女の人三人がひっそりと店を出していた。

おばさんふたりとおばあさんひとり、皆この町で暮らしているらしき人たちで、ほとんど言葉も発しない。シャッターの閉まった商店の前にパラソルを広げ、裸電球を下げ、それぞれの前に火器を置いてなにかを焼いている。仲よし三人組なのか、母と姉妹なのか、商売気もなく、話し声も立てずにただ静かに店を出している。

左のおばさんは七輪でワッフルを、まんなかのおばさんはガスコンロでソーセージを、右端のおばあさんは丸底の黒鍋に網を敷いてバナナを焼いている。

ソーセージをまず買う。長いのと短いのがあって、中身が違うようで親切に説明してくれるが、小声の上にタイ語なのでまったく謎である。どちらも買う。

次に左のおばさんのワッフルを買う。小さな椅子に座って、裏表、裏表とワッフルメーカーを返しながらじっくり焼いているので、まだ少し時間がかかりそうだ。

その間に右端のおばあさんの焼きバナナを買う。短くて小さなバナナで、おばあさんの家の裏の畑になっていたようなバナナである。六本で二十バーツ。三本で十バーツ。六本頼むとトングでつかんで焼け具合を確かめてから、バナナの葉に包んでビニール袋に入れてくれる。そのうちにワッフルが焼けて、焼きたての包みを受け取る。皆、にこにこする。なにも言わないけれど、その笑顔が品よく、やさしい。たぶんこの町が好まれるようになったのは、こうした町の人の穏やかさ慎ましさに惹かれた人たちから始まったのではないだろうか。

人々の街角

ペチカのアパート

もう誰も住んでいないでしょうと思うような古いアパートに、ちゃんと人が住んでいる。窓辺にはカーテンがかかっているし、植木鉢が置いてある部屋もある。電子レンジの裏が見えている部屋もある。そうして人の気配がわずかに感じられる。見上げた上層階では、咲き開いた濃いピンクの大輪のバラが窓から顔を見せている。花に外の空気を当てているのだろう。別の窓では、緑色のカーディガンに白いブラウスを着た白髪の老婦人が外を見ていたりする。こちらが手を振っても、笑顔になることはあっても、手を振り返すことはない。

ペチカの煙突の跡が残っている建物も多い。煙突を囲むコンクリートがそのまま建物

を支える外柱も兼ねている造りにみえる。なかには外壁を木で組んだ建物もある。日本ならさしずめなんとか荘と呼ばれていたようなアパートだ。ベランダにサンルームが付いているのは比較的新しいアパートだろうか。植木の鉢に囲まれ、外に向いて置かれた安楽椅子に、今は人影はない。ナナカマドやダケカンバやヤナギが裏庭に並ぶアパートもあるが、木の一本もなくて殺風景なアパートもある。道を歩いているおばあさんもビニール袋に入った重そうな荷物をぶら下げていて、そこまで持ってあげましょうかという気持ちが起きる。きっとそういう人たちが住んでいるのだろう。

なんというかさみしい感じではあるのだが、しかしなぜだかちょっと住んでみたいような気もする。

旧ソ連時代に国が造ったアパートに割り当てられて住み始めたのだろうか。今は民主化されて違うだろうけれども、カムチャツカの街には一軒家は限られた一角だけでほとんどない。高台の少し展望がきくところから眺めると、公団アパートのごとき箱がびっしりと建っている。現在は物流も発達して経済も発展しているだろうけれども、そこでの人々の生活は変わらず質素で倹約で静寂に満ちているように感じる。こうして街を歩いていると、そうした毎日の繰り返しも存外悪くないのではないかと思ってしまう。

アパートの並ぶ道の先はやがて小雨に濡れた花が咲く草地になって、眼下に弧を描くアバチャ湾と教会の塔が見えて、灰色の海の上に船が何艘か小さく浮いていた。

生きもののいる暮らし

石畳の道を上がってガンドルンの村を出る。村のはずれまで民家があって、小さな畑が段々につながっているなかを、上手にぬうようにして道が続いていく。畑の土は掘り返されていたり、勝手に花が咲いていたりする。木々の新緑が美しい。春の感じである。明るい陽光が芽吹きをきらめかせている。道の脇の木陰には、使役御免になった年老いたラバが静かに立っていたりする。民家の前では主と近所の人だろうか、立ち話をしている。牛や馬やラバを使って、ゆっくりと畑の土を耕している人もいる。その向こうにはヒマラヤの霊峰アンナプルナが白く高く大きく見えている。

歩いていると、後ろからラバがやってきて抜かしていく。ラバ使いはついておらず、荷も背負っておらず、身軽である。放し飼いにされているようである。ラバは私たちを抜かしてとことこ歩いていく。しばらく行くと同じラバが下りてきた。決まった場所に草でも食べにいったのか、用を足しにいったのか、ちらっちらっとこちらを見て、またとことこ下りていく。

道は村を離れ、カーブを描きながらゆるやかに山腹を上っていく。道には彼らの落しものがあるので要注意だが、人以外の生きものがいる暮らしというのはいいなと思う。牛や馬やラバを飼うのは大変だろうが、人間だけの生活にはないものがある。ペットとして犬や猫を飼う家はあるけれども、牛や馬やラバは人とともに働く生きものだ。

そういう暮らしは地上からなくなりつつある。

岩棚の家

キプロスのカコペトリアはトロドス山の北に位置する小さな町で、岩棚を土や木で補強して建てた家々が町の一角に残っている。泊まったのはその旧式の民家を生かした宿だった。

私たちの部屋はもとは貯蔵用の穴蔵でもあったのか、壁の一部には岩肌が露出していて、まさしく洞窟のようであった。長方形の小さな窓がひとつしかない部屋にさんさんと光が射し込むことはなく、小窓から空が薄明るくなっているのを見て、初めて朝が来たことを知るのであった。

その洞窟部屋に滞在している間、私たちは細い石畳の坂道を、教会や民家や水瓶や実ったイチジクを見ながら下り、町の中心部に出て、精肉店でチーズと燻製肉を、パン屋でパンとお菓子を買って、帰りはポプラやクルミがほそぼそと立つ川岸を橋で渡って再び石畳の道に入り、宿に帰った。

石畳の道沿いに建つ民家の前では、夕方になると黒い犬を従えて、ぽろろんとギターを弾くおじいさんがいる。挨拶すると機嫌よく返してくれる。半開きのドアからちらりとのぞいた部屋にはソファとテレビがあって、壁は一面青緑色をしていた。

宿の部屋の丸テーブルに買ってきたものを並べて夕食にする。トロドス山南麓のおばさんの店で買った手作りワイン、街道沿いの民家の庭先で買ったオレンジ、この島特有の焼いて食べるチーズ、ハロウミ。レストランの食事もいいが、こうして町の人たちがふだん食べているものを食べたり飲んだりするのはもっと楽しい。しかし、これも旅の食卓だから楽しめるのではないだろうか。

朝、洞窟のベッドで目が覚めても部屋は暗い。このままずっと横になって眠っていても、いつ夜が明けていつ日が暮れたのかわからないだろう。仕事に出る以外は、人生の大半をこの薄暗い狭い家で過ごし、パンやチーズや蜂蜜やオリーブなどのつましい食事を繰り返し食べて、人々はどんな気持ちで暮らしているのだろう。単調な生活は少しするなら楽しいだろうが、一生となったらどうなのだろう。単調すぎて退屈してしまうのではないだろうか。

だからといって私たちが今送っているような、めまぐるしく変化する都市空間で、気忙しく囚われた生活がいいかというと、それもまたなにか（それは決してモノだけではない）を消費しているだけで、生命の輝きを享受する喜び、幸福を感じる瞬間の多くを放棄している気がする。

どちらが正しいとは誰も言い切れないのだが、私はいつもこうした町で暮らしている自分をそっと想像してみる。どこに生きる人もそこになにか、心を満たす一片の幸せがあればよいのだが。

迷路の卵

モロッコのフェズには迷路のような旧市街があって、人ひとり通れる幅の路地が網目のようにはりめぐらされている。道の両側には間口一間ほどの小さな商店と人家がぎっしりと建ち並び、路地の上に細く見える青空に向かって物売りたちの声が響き、人々が行き交い、話し声がゆらめいている。彼らの間をぬって歩いていると、次第に方角がわからなくなり、自分がどこから来たのか、今どこにいるのかも混沌としてくる。

男たちは皆明るく闊達だが、女たちは誰もがイスラム教徒の証である黒いジュラバを頭からすっぽりとかぶっていて、表情はうかがい知れない。一様に個性を隠し警戒心を解かず、ことに外国人との関わりなど避けるようにして足早に通り過ぎていく。

モロッコを旅していて、そのことにようやく慣れてきた頃、旧市街の石畳で前をゆく女性から、カシャンと小さな物音がした。なんだろうと思って見ると、聞き覚えのあるその音は卵が落ちて割れる音だった。彼女はジュラバの下に卵の包みを抱えていたのだ。

その瞬間、彼女はしまった、というそぶりをして、恥ずかしそうに目だけでこちらを見て、急いで去っていった。

そのときに初めて、黒づくめで沈黙を守る彼女も、自分となんら違わない日常を送っている人なのだと思った。

花を買う男

車通りの少ない五差路の交差点の一角にケバブ屋があって、休憩がてら店先のベンチでケバブを食べていると、隣りの花屋に人が来る。

ロシアでは赤いバラを一本買う男の人がときどきいる。一本だけ買って、むき出しのまま手に持って、車に乗ってすぐに走り去っていく。この店でもそういう男の人を見かける。誰にあげるのだろう、あの一本の赤いバラを。

女の人も来る。女の人は家に飾るのか、ガラス越しにいくつかの花を選び、くるくるっと紙で簡単にくるんでもらった花束を笑顔で受け取り、腕に抱えて持って帰る。花を買うという行為は誰にとっても嬉しいことだから。

お店の人はおかっぱ頭で眼鏡をかけた中年の女性で、せっせと働いている。その姿もよい。お店はロシアでよく見かける、品物と代金が手で受け渡しできるだけの大きさの小窓がついている建物で（ケバブ屋もそうだ）、ある女性客はそこから頭を突っ込んで花を選んでいた。

アラブストリートにて

臈纈（ろうけつ）染めのバティックを探してシンガポールの中心部を一日中歩いて、最後に訪れたのがアラブストリートだった。安価な工業製品や質の低いものを置いている店ならいくらでもあるが、古来の製法で一から手作業で作られたバティックはなかなか見つからない。その通りも諦め半分で歩いていて、ここはどうかなと思った一軒の店に入った。

天井から吊されたバティックは、正真正銘のオールハンドメイドで、精緻な伝統模様が全面に描かれた最上級品だった。しかもアンティークではなく現代に作られた新品である。共布もついていて、かつての正装用の布と思われた。

ようやく見つけたその店で、私は腰を据えて選ぶことにした。店主はアラブ系の髭の濃いでっぷり太ったおじさんで、私を上客と見込んだのか、悠々たる物腰で次々と美しい布を取り出し、台の上に広げ、これは○○地方の布、これは○○年代の布、これは○○技法を駆使した最高級品、と講釈を垂れてくれる。講釈も大事だが、好みの布を探すのが第一なので、おじさんが慣れた手つきで広げる布――それもお手頃なものから高価な品に移行していくのが彼らの常套手段である――を食い入るように見つめ、欲しいものを選別していった。なにせ一枚数万円する布、そうおいそれとは買えないのである。

飽くことなく次の一枚を要求する私につき合っているのにくたびれたのか、吟味に吟味を重ね、厳選していく私を見て、思ったほどなんでも買ってくれる上客ではないと悟ったのか、おじさんはだんだん言葉少なになり、とうとう椅子に座って私の好きにさせるようになった。私は気が済むまで布を広げ、壁に掛け、前に立ち、悩み、選び抜いた。おじさんは疲れを知らぬ私にあきれたのか、「ねえまだかな」「コーヒー飲みたいよ」「もう閉店時間だよ」「僕の奥さん、家で待ってるよ」と泣き言を言い始めた。

もうちょっと待ってろいと言って、結局私はこれだけは置いて帰れないバティックを二枚だけ、共布とともにおじさんに差し出しながら、少しまからない？　と聞いた。

ヤドカリのお礼

浜辺で貝や石を拾うのが好きなので、その日も夕方浜辺で貝拾いをした。フィリピンのセブ島のその浜には日本でもよく見る巻き貝が多く、いくつか拾って部屋に持って帰り、ベッドサイドのテーブルランプの下に置いて、街へ出かけて夕食前に帰ってくると、貝のひとつが歩いていた。

あっと思って貝をひっくり返すと、ひゅっと頭と脚を引っ込めて中に入ってしまう。ヤドカリだった。

ごめんごめん、中に入ってたなんて知らなかったんだよと謝って、浜に戻って桟橋から海に帰す。乾いてしまう前に間に合ってよかった。浜の桟橋は波打ち際から沖に向かって長く伸びていて、昼間は先端で釣りをしている人が数人いたが、今は誰もおらず、穏やかな波音だけが聞こえている。

それからレストランに行って夕食を食べていると、テラスの隅の暗がりになにやら蠢くものがいる。それが私たちのテーブルへ向かって一目散に歩いてくる。

なにかと思ったら、ヤドカリだった。さっき海に帰したヤドカリよりも数倍大きく、立派な巻き貝を背負っている。テーブルの下まで来たのでつまみ上げると、目をぎょろぎょろさせてこちらを見て、脚をガサガサ振っている。なにやら言いたげなヤドカリである。夫が、「ヤドカリの親分が、さっきは仲間を助けてくれてありがとうってお礼を言いに来たんだよ」と言う。地面に下ろすと、足もとでまだガサゴソやっている。

夕食を終えた頃にはもう姿は見えなくなっていた。親分も満足して海へ帰っていったようであった。

帽子の男の子

カムチャツカの中心街で、おばあさん、お母さん、男の子の三人連れが、通り沿いの雑貨店から出てきて私たちを抜かしていった。七、八歳くらいの男の子は、新しい帽子を買ってもらったらしく、嬉しそうに脱いだりかぶったり、中をのぞいたりしている。麦わらかなにか草で編んだつば付きの帽子で、遠目にもごくチープな作りだったが、飛び跳ねて喜ぶ男の子を間に歩いていく彼らの背中を見ながら、あんなふうに喜びを表現している子どもや満足そうな家族連れをひさしぶりに見たなと思った。

以前、同じくロシアのウラジオストクを歩いていて、目抜き通りのおもちゃ屋に女の子を連れたおばあさんとお母さんが店に入っていくのを見たときも、同じような気持ちになった。おばあさんはウールの帽子にブルーグレイのオーバーを着て、女の子は髪に大きなリボンを結んでおめかししていた。ショーウインドウにはほんのわずか、それも少し古びたおもちゃしか置いていない、贅沢や流行とは無縁の店だったが、店内に入った三人は真剣な面もちでおもちゃを選んでいた。

物に質の違いはあれども幸せの質に違いはない。

麦わら帽子

マレーシアの高地にあるキャメロン・ハイランド行きのバスが、ガソリンスタンドで停まったときのことであった。

バスの座席は高い位置にあるので、窓の下に一般車が見える。バスの横に停まっていたのは軽トラックで、そこから農家の人らしき若い男の人が降りてきた。

男の人は日に焼けて素朴な顔つきで、スタンドのお兄さんと立ち話をしながらガソリンを入れてもらっている。よく見ると、着ている長袖Tシャツの袖の、日に当たる部分が焼けて色がはげている。もう何年間も同じTシャツを着込んでいるであろう感じが彼の貧しさを示している。けれどもその若い人はそんなことちっとも気にしておらず、スタンドの人と親しげに笑顔を見せながら話している。視線を移して、彼の車をひょっとのぞくと、麦わら帽子が助手席にちょこんと置いてあった。

ガソリンを入れ終わって、じゃあまたという感じでドアを開けて乗り込むところまで見えた。彼は貧しくても不幸そうな感じがしない。口数は少なそうだけれども、妻にも子どもにもやさしそうな人だ。旅しているとああいう人に、国を問わずときどき出会う。

ロシア人の握手

ホテルの前の横断歩道で信号待ちをしていたら、明らかに酔っぱらいと思われる赤ら顔のおじさんが話しかけてくる。なにを言っているのかわからないので、夫が「イポーニャ（日本人です）」と適当に答える。おじさんは「ジャパン？」といきなり英語になって、オーなどと言っている。俺はここの生まれだ、おまえは？　と言っているようなので、「トーキョー」とこれもまた当てずっぽうで答えると、「トーキョー？」と驚いて、指をくるくるする。忙しない街だ、という意味だろうか。どこの国に行ってもだいたい同じ反応が返ってくる。

それからおじさんは掌を上向きにして差し出してきた。手になにも（特に武器を）持っていないことを表すためにそうするのだろうか。夫とがっちりと握手して、おじさんは千鳥足で横断歩道を渡っていった。

サタラ行きのバス

おじさんの手がぬっと出てきて、目の前の紅白の格子柄の椅子席の背をむんずとつかんだ。つかんだまま離さない。バスがひどく揺れるからだ。インド西部の町をつなぐバスはどこことも知れぬ町なかを走っていて、始終停まったり動いたりを繰り返していて、危ないことこの上ない。往来はバスやバイクや車や横断者で大混雑、クラクションもひっきりなしに鳴っている。横に停まったバスに乗っているおじさんの顔がすぐそこにあって、目のやり場に困る。おじさんは前の席に腕と顎をつけて前方を見ている。埃もひどい。往来にはサリー姿で車の間をぬって歩いている女の人もいる。布をかぶって日だけ出して口を塞いで後ろで結んでいる人も多い。窓ガラスには土埃がへばりついている。

そして暑い。

先ほどまではエアコン付きの高速バスに乗っていて、終点で乗り換えた途端ひどいおんぼろバスで、座席のビニールはボロボロに破けて中身がかなり見えていて、座るのを躊躇する状態だった。それでも座れただけましだ。

椅子席をつかむおじさんの右の薬指には太い金の指輪がはまっていて、なにやら模様が彫ってある。なんだろうかとしげしげと見るがわからない。麦か鷲か。たぶん宗教的な意味合いをもつ模様だろう。

こんなとき、異国に来たことを実感する。

旅のあとさき

紅白の鶴

機内で隣のおじさんが日本酒をもらって、それが白鶴だったので、ビールにしようと思っていたのだがいきなり趣旨替えして冷酒にした。白鶴と聞いたら灘五郷、神戸っ子としては飲まないわけにいかないよねえとか言いながら、工場の住所は懐かしの神戸市東灘区住吉である。

神戸で子ども時代を過ごした私は、小学生の頃、社会科見学で白鶴酒造の酒造りを見学し、お土産として利き酒用のお猪口をもらったのを覚えている。白いお猪口の中の青い蛇目模様にも意味があって、味だけでなく色や艶、透明感など、お酒の品質を厳しく見極めるための模様なんですと工場の人がおっしゃっていた。

手渡された小さなプラボトルのラベルには「時をこえ、親しみの心をおくる　日本の酒　白鶴」とあって、ぐっとくる。こういう昔ながらの惹句をラベルに書いたお酒も最近あまり見ないような。それとも目がいっていないのかもしれない。ふだんはこんなにまじまじとお酒のパッケージを見ることもない。そういう心の余裕も旅に出ているからこそだなと思う。

白鶴のトレードマークの、白いツルが羽を丸く広げて飛び立つ姿が美しい。昔からこのマークだったたな、と飲みながらしみじみ思う。ツルをブランドのマークにするのは、その高貴で上品な美しさにあやかって、かくあれかしと思ってのことだろう。

けれどもツルは日本でも限られた地域にしか生息していないし、実際にツルが飛ぶ姿を見たことのある人は少ないだろう。私もツルが空を飛んでいるのを見たのは大人になってからだった。

北海道の釧路川をカヌーで下っているときに、頭上を二羽のタンチョウヅルが、大きな白い羽をゆっくりと、上下に羽ばたかせながら、静かに飛んでいった。嘴から首、脚の先までをすっきりと、一直線に伸ばして飛んでいく姿が、しばし心奪われるほど優美だった。その姿を見て初めてツルは本当に美しい鳥なのだと納得した。昔からツルを愛してきた日本人の美意識に触れる思いがした。

ツルは長寿の印として、縁起のよい鳥として長く大切にされてきたが、そうした日本人の感覚、和の心というのか、ならではの意識が現代は随分と薄れてきてしまったと思う。かく言う私も本物のツルを目撃するまでは、ツルはカメと並んで慶事に登場する古めかしい縁起物くらいにしか認識していなかったのだから。現在起業する会社でツルをロゴに使う会社などあるのだろうか。そうした日本の古きに重きを置く、価値を尊ぶ感覚が、急速なスピードで失われているようにも思われる。

今日搭乗している日本航空が、鶴丸と呼ぶロゴマークを当初採用したのも、戦後初の民間航空として、大空を悠然と飛んでゆく平和で気高いツルのようにとの願いを込めたのだろう。一九九〇年代以降は新しくモダンなロゴに変わり、尾翼から赤いツルが次々に消えていったが、さまざまな経緯を経て、二〇一一年に再び鶴丸が復活したのも、初心忘るべからずの表明だったのではないだろうか。

白鶴のツルは白く右向きで、やや上向きに飛び立つ姿、日航のツルは赤く左向きで、羽を丸く掲げて毅然としている。旅の空の上で、紅白鶴とのおめでたい再会であった。

ノートをつける

旅に出るときは毎日必ずノートをつけている。ノートは毎回決まったものを使っていて、そのノートを荷物に入れるときは、これから旅に出るぞという現実感が迫ってきて嬉しい気分だ。なので絶対にノートだけは忘れない。いつ出かけることになってもいいように、ダースで買い置きしてある。

その他に旅で持つものはだいたい決まっているので、そしてそれは山に行くときと大差ないので、すぐ準備ができてしまう。今までどこへ行くにも旅するときは必ずバックパッカーなので、私はトランクを持っていない。基本的に自分で背負えるだけのものしか持たない。ただし帰りには布や本をしこたま買い込んでくるだろうから、ザックには少し余裕をもたせておく。そうしてパッキングされた自分のザックを見ると、人間は最低限の生活をしていくのにそんなにたくさんのものがいらないんだなと思ってしまう。それでは我が家にある大量のものはいったいなんなのだろう。まあ身ひとつで行くからこそ旅なのだが。

そして機内に落ち着くと、さっそくノートを開いて書き始める。旅の楽しみのひとつはノートを書くことだといっても過言ではない。ふだんはパソコンで仕事しているので、字を書く機会もだんだん減ってきてしまって、今では文字を書くのが面倒に感じるときもあるが、旅に出てまでキーボードを叩いていると仕事をしている気分になるし、文字は書いていないと書けなくなってしまう。それにこの旅日記はやはり手で書きたいのだ。

書き始めは総じて愚痴である。旅に出るまでに無理算段して片付けてきた仕事や日常に対する不満や、そうした不満を抱いている自分へのうんざり感や、とにかくここ数週間の鬱屈を書いているのだが、そうしていくうちにだんだんと自分が今抱えている、しかし日々の生活では見ようとしなかった、見ないようにしていた不安や悩みが浮かび上がってくる。それは日常的な小さな悩みではなく、もっと根源的な自分の生き方に対する問いかけである。機内食を食べて突然寝落ちしたりまた起きたりしながら、その問題について何時間もかけて一生懸命書いているうちに、目的地に着いてしまう。

そうすると今度はそこでの予期せぬ出来事や未知との出会いを体験し、それらをまた克明にノートに書くのに必死で、それまでの些末な日常のよしなしごとは吹き飛んでしまう。しかし一旦姿を現していた根源的な問いや不安や悩みは、その後も私の周辺を漂っていて、それらを道連れに旅していくことになる。そうしてその旅の間に、そのとき出せるなんらかの答えを探していく。

海外には年に一、二度出るのだが、それが私の精神安定に大きく寄与していて、旅がなかったら、こうして自分の生き方を立ち止まって考えることもなく、根源的な問いかけをすることもなく、ただ日常の合間を流れていってしまったかもしれない。

ノートを読み返すと、そのときどきで試行錯誤を繰り返しながら、自分の人生を進んできていたことがわかる。と同時に根源的な問いかけは少しずつ姿を変えながらもずっと継続してもち続けていることもわかって、私は生きて旅に出るかぎり、こうしてノートを書き続けるのだろう。

帰国後のパーティ

海外から帰ってきてしばらくは、旅した国の食事を再現したパーティを開く。パーティといっても、旅の日々を懐かしんで、現地の市場やスーパーで買い込んだ食材で料理を作り、お酒を飲み、お菓子を食べて楽しむだけなのだが、たとえばロシアであればロシアン・パーティ、カナダであればカナディアン・パーティと名づけて開く。その国でしか手に入らない食材なので、現地の食卓をかなり再現できる。

旅先では料理本も大量に買う。以前は見境なく買い込んでいたが、最近は自重して資料として使えるものだけを購入するようにしている。

しかし料理するときは、重い思いをして持ち帰った料理本を見ながら作るというよりは、食べたときの印象や味、見ための記憶を駆使して、だいたいの要領で作ってしまう。現地でこれなら作れるなと思った料理を再現する感覚である。肝になる調味料は現地で調達するが、記憶が新しいので意外とそれらしいものができる。

そうやって作ってみると、その後も定番になるレシピがある。ポルトガルの鱈のコロッケ、バカリャウや、ひよこ豆のチキンスープ、ロシアのキノコの酢漬、ビーツとポテトのオリヴィエサラダ、ボルシチ、ギリシャのムサカ、キプロスの焼きチーズ、メキシコのワカモレなど、どれも現地で食べておいしかった料理ばかりである。

東京に住んでいると、本場はだしの各国料理を食べる機会は多い。けれども実際に現地で食べていないと、それは珍しい異国料理でしかない。もちろん現地に行く機会は限られるし、日本にいて世界各国の味を再現できる料理の腕前の人はたくさんいるだろう。ただ私の場合は、現地に行って自分の好みで選んで何度も食べているから、その料理の味が素人なりに自分のなかに定着するのだと思う。

料理とは本来その土地に根ざしたものであり、気候や風土が大きく関係しており、収穫できる食材も使う調味料も違う。なによりも長年食べられてきたものを現地で食べるからこそ、その国の味として認識されるのだ。

そしてもうひとつ、海外の食事で特徴的なのは（私が訪れている町が地方であることも大きいが）、人々が日々食べているものは、昔ながらの食材を使った郷土の料理で、種類は決して多くないという点である。

市場にも数多くの店があるが、置いてあるものはさほど違わない。八百屋に積まれた野菜や果物は皆同じ旬のものだし、肉も魚もパンもチーズも似たりよったりの品揃えである。人々はそのなかから好みのものを選び取って買っていく。そしてそれに満足して暮らしている。日本にはあらゆる国の食材があり店があって、世界各国の味がよりどりみどりだが、そんなに毎日違うものを食べなくてもいいように思えてくる。

実際、私は行ったことのない国の料理を自分で作ってみようとはあまり思わない。たとえば私はイタリアを旅したことがないので、イタリアの食材を見ても、どうやって食べたらおいしいか今ひとつ想像がつかない。無論パスタをはじめイタリア料理は何度も日本で食べているが、イタリア人が買ったり作ったりしているところを現地で見ていないし、自分で食べてもいないので、今ひとつコツがわからない。きっと一度でも行けばある程度予測がつくのだと思う。もちろんその国に行ったからといってあらゆる料理を食べられるわけではないし、店によって人によって味は違うのだが、少なくとも現地の人の習慣や食材に対する感覚を見て食べて感じとることができる。

だから自分が行った国の料理だと、料理に対する距離感が断然違う。なにより親しみがある。このぐらいの味つけだったとか、こういうふうに盛りつけていたとか、思い出しながら作ることができる。そのちょっとしたさじ加減ではないだろうか。

そうして作った料理を食べていると、これは通りに面した店で道行く人を眺めながら毎日飽きずに食べたなとか、店の壁が毒々しいピンク色で入るのに勇気がいったけどおいしかったなとか、働き者の女の子が藁半紙のメモにメニューを書いて教えてくれたなとか、疲れはてて外へ食べに行く気力もなく宿のテーブルに買ってきたサラダを並べて順繰りに食べたなとか、そのときの情景が鮮明に蘇ってきて、格別の味を添えてくれる。

アジアの香り

朝、時間があるといつも走りに行く大学の構内で、クズの花が咲いていた。秋の初め、ほのかに香る香りでそれと気づいたのである。空気に混じる香りを嗅いだ瞬間に、あ、アジアの香りがすると思った。走るのを止めてあたりを見回すと、頭上の木にからんで咲いていた。足もとにはすでに咲き終えた赤紫色の花が点々と落ちている。近くのフェンスにも絡まって咲いていたので、顔を近づけて嗅いでみた。途端にほの甘く、野生味を帯びた清浄な香りを感じるが、淡い香りなので、嗅いだ瞬間に鼻腔をすり抜けて消えていく感覚がある。この忘れがたい香りを、言葉ではなんと表現するべきだろう。

その香りは、東南アジアの国々の町角や市場で出会う花飾りの香りなのである。花飾りは細長い花環になっていて、無数の花に糸を通して環にしてある。主に使われるのはスズランに形が似た白いカイガンタバコか、あるいはジャスミンで、その合間に赤いバラのつぼみやオレンジ色のマリーゴールドなどがアクセントとして入っている。大きさや長さはまちまちで、マリーゴールドが主体の地域もある。

小さな花をつないで作られた花飾りは皆、仏様への捧げものである。寺院に行くと大小の花飾りが盛大に飾られている。信者の家庭で拝まれる仏像にも、これらの花飾りがかけられているのであろう。

彼らにとって仏様への捧げものは、かぐわしい香りの、溢れるほどのみずみずしい生花なのである。これ以上に美しい捧げものがあるだろうか。その惜しげもなく咲きたての花々を捧げる贅沢がうらやましい。日本の寺院でも花や供物は捧げられているけれども、もっと形式的で、溢れんばかりの新鮮さや躍動感はない。もちろんそれは、そこに暮らす人々の信仰心のあるなしにも関係してくるのだろうけれど。

路面はがたがた、足もとは水びたしで、人々でごった返している市場の一隅からも、かぐわしい香りは漂ってくる。細い木材で囲って屋根を葺いただけの粗末な小屋には男性が胡座（あぐら）をかいて座っていて、お客の相手をしながらざるいっぱいの小花を手に取っては、慣れた手つきで糸に通して花飾りを作っている。屋台の前には出来上がった花飾りがぶら下がり、人々は次々に立ち寄り買っていく。たっぷりとふんだんに花を使って幾重にも作られた花飾りもあれば、一連だけのほっそりとしたネックレスのような花飾りもある。乾かないようにと水滴がついていて、どれもが生き生きと花のいのちを放っていて美しい。あるいは屋台でもなく、地面に布を広げ、作ってきた花飾りをいくつも並べ、さらに黙々と作り続けている母子もいる。

旅の途上であり、生花だからすぐにだめになってしまうとわかってはいても、欲しいという気持ちが止められずに買ってしまう。そしてその値段は、大変な手間がかかっているにもかかわらず嘘のように安い。おそらくその花々を育て、花飾りを作って売っているのは貧しい人たちなのだ。インドを車で走っていたときに、一面オレンジ色に染まった花畑と粗末な小屋が忽然と現れたことがあったが、非常に安価に取引されているであろう花飾りに使う花を大量に育てて生計を立てている人々と思われた。それでも生業の材料が仏様の花飾りだということが救いだ。

夜、それを枕もとに置いて寝ると、かぐわしい香りが幸福感とともに一晩中漂っている。しかし一晩経って翌日になると白く可憐な小さな花は茶色く枯れ始め、香りもだんだんに褪せて、作りたてのみずみずしさ、美しさは失われてしまう。

あの花飾りの香りとクズの香りは似ているのだ。クズの花はマメ科で、茎の下から上に向かって咲いていく。キャンドルの炎のように根もとから先端に従って細くなっていって、てっぺんまで順々に咲いて、咲いた先から散ってしまう。先ほど顔を寄せて嗅いだときも、花にはまだ鮮やかな色が残っているのに、音もなくぱらぱらと散ってしまった。植物特有の生きた清澄な香りがするのはほんのわずかの間なのだ。

美しいものはこうしてはかなく、記憶だけを残して過ぎ去っていく。けれどもその美しさを私の心体は鮮明に覚えていて、日々の自然のなかで、ふとした折りにその記憶が呼び覚まされる。

生きているインド

ムンバイまでの寝台の夜行列車はカーテンの仕切りがない上に幅が狭くて、荷物を置くと縮こまって横にならなければならず、なかなか寝つけなかった。上下二段になった寝台の下には夫が寝ているが、向かいはインド人のおじさんたちで、上の段のおじさんは毛布を頭まですっぽりかぶって、下の段のおじさんは目隠しをして寝ている。もしかしてこれは私に対する気遣いだろうか。だとしてもカーテンがないことがやはり不安で、壁際にピッタリ体をくっつけて、頭のなかでぼんやり考えごとをしながら寝る。列車はゆっくり走っていて、すぐにどこかの駅に停まる。それからまたゆっくり走り出して、速くなったり遅くなったりしながら走っていく。

前回インドで夜行に乗ったときは、就寝時間になるとベッドに清潔なシーツをきっちりと敷きに来てくれる人もいたし、お弁当やおつまみを売る人が回ってきたが、今回は来ない。もっともそのときの夜行は二段ではなく三段ベッドで、私はいちばん上の寝台で喜んだのも束の間、目の前の天井に付いている空調の音があまりにうるさく、周囲の乗客も携帯で電話はかけるわ大声で話すわで夜半まで騒がしく、あいにくひどい風邪を引き込んでいた私には悪夢のような夜だった。それから比べれば今日はましな方だと思うようにする。

眠れないといいながら、案の定いつの間にか眠っていて、夜中に何度か目が覚める。明け方が特に寒くて、向かいの寝台のおじさんが、おお、さむっとヒンディ語でぼやいていた。次に目が覚めたときにはおじさんたちはおらず、すっかり夜が明けていた。顔の節々が痛くてしばらくそのまま横を向いて横になっている。それから起き上がって窓から写真を撮る。

町はもう目を覚ましていて、通り過ぎる駅には人が大勢立っていて、これは東京でいうところの浜松町や田町、もしくは王子や赤羽あたりのターミナル駅少し手前の風景なのだろうと思う。線路上を歩いている人もいるのが日本とは違うが。何台もの列車がすれ違っていって、満員のもあるしそうでないのもあって、通るたびに撮っていると、絵がどんどん変わる。これが以前映画監督の知人が言っていた、「向こうがどんどん変わるから撮ることを止められない」だなと思う。すなわちそれが「生きている」ということなのだ。

インドは六時から七時、八時頃の朝の光景がいちばんいい。白い朝もやがかかっていて、そこに光が射して、塵や埃のせいか、もやが銀色に光って、インドらしい朝の光になる。そこにリキシャや人や荷車や犬やバスや牛や屋台やヤギが通る。おんぼろの赤い路線バスなんかも通る。ただ人々は、今日もまた昨日と同じ、忙しない日常を過ごしているだけなのだが、インドの朝には生きているもののざわめきと息づかい、つまり生の輝きがあって、それが朝の光のなかで神々しくもあり、どこをとっても絵になる。

二度目のインドで思ったのは、人々が生きている姿がよくわかるということであった。もちろん日本人だって皆生きているのだが、それがあまりリアルでない。生きるために生活しているより、お金を稼ぐために生活しているようにも感じられる。生きるために必要なのではなく、生活の質（それは単に物質的にとも思えるが）を上げるためであって、しかも己の仕事が現実の生活に直結していない。だからといって今から農耕狩猟生活に逆戻りすればいいということではまったくないし、戻れるはずもない。ただどこか仕事が空疎というか実際の自分の暮らしや精神的な充足から乖離しているようにみえる。どんな仕事も仕事はすべて大変なものであって、誰もが社会において欠くべからざるワンピースなのだが、その成果や価値を、自分で実感、納得できないものになっているのではないだろうか。

最近は海外から日本に帰ると、地下鉄の乗客が水を打ったような静寂の底に沈んでいて、全員が一心にスマホの画面を見つめていて、あたかも手のひら大のそれに吸い込まれていくようで空恐ろしくなる。日本人は静かでマナーがよくてすばらしいけれど、一様に暗くつまらなそうな顔をして、皆同じ行動をとっているのがこわい。息してるのかと思うこともある。生命力を感じない。成熟社会とはこういうものなのかと思う。

今はインドだってすさまじいほどの発展途上で、だからこそ貧富の差は激しいのだが、それでもまだ、全体に人間が生きて生活している感じがある。仕事前に朝の屋台に立ち寄る人や、靴磨きやゴミ掃除のおじさん、駅で荷車を引いている男の人も、頭に荷物を載せて歩いている女の人も、学校に向かっている子どもも、その合間をさすらっている犬さえも、それぞれがまだ自分の生を営んでいる（この言葉がしっくりくる）感じがする。

ホテルの送迎タクシーの運転手が、海に架かった橋に向かって走りながら、この立派な橋ができたことで今まで一時間かかっていたところを十分で行けるようになったと話しながら、でもひとつ問題があって、この橋の上から海に車ごと投身自殺するビジネスマンが増えたと嘆いていた。お金持ちでなくても家族がいて、そこそこであれば幸せなのに、ビジネスとなると金金金となって、地位は上がっても高いストレスを負って忙しくなって、しまいにはもういいと死んでしまう。そんなばからしいことはない、それが今のインドだと憤っていた。運転手のおじさんはケララ州の出身で、インドでいちばんいい場所はケララ州だ、緑があってインド人が好きな場所だ、ムンバイは金儲けばかり考えていてだめだと、話はまたそこに戻ってきてしまう。インド人は出身地の話をよくする。自分はケララだとか、私はカシミールだとか、彼らにとってルーツは大切なことなのだろう。

たしかにインドは地方によって細かく違いがある。日本の江戸時代の藩制度のようなものが残っているのだろうか。片手では持っていられないほど重く分厚い『ハンドクラフト・イン・インディア』の本を見ても、州によって伝統工芸が細分化されている。それは会津に会津塗が、津軽に津軽塗が残っているようなものだろう。やはりその頃の方が独自の文化が発達し、充実していたのではないだろうか。

今は文明は発達したけれども独自の地域性のある伝統文化は衰退しつつある。文化は続けるよりも守らなければならないという位置に変化してしまって、今後飛躍的に発展することはない。それは日本を旅していても同じで、かつては地場産業で栄えていても、産業が衰退していくうちに町そのものも縮小してしまった姿を目の当たりにする。そうして文化も人間も画一化されて、個々人の力はあっても地域はひとりでつくれるものではなく、その土地に長く根づいた地域文化の多様性、おもしろさは急速になくなりつつある。いつからか私のライフワークになっている地元菓子の調査だってそうだもの。地方の町は廃れる一方で、若い人々はやむなく都会をめざし、商店の主は高齢化で跡を継ぐ人もなく、そのうちに全国展開の大企業がのしてきて一帯を席巻してしまう。

そこで思い出すのは生まれ故郷の町が消滅可能性都市候補に挙げられた友人の話だ。古くから名の知れたその町を友人が数十年ぶりに訪れようと、今や日に数えるほどの本数しかない在来線に乗り込んだところ、線路沿いの伸び放題の草木が車窓を凶暴なまでに打ち続け、運行の妨げになる植物さえ刈る財政的余裕もないことを思い知ったという。やがて鉄道は廃止され、商店はなくなり、行政機能は衰え、不便一方の町から人々は去り、朽ちた家々を使われない道路を自然はあっという間に跡形もなく覆い尽くすだろう。そうして日本中が徐々に原野に戻っていくのだろうか。

けれどもそれもひとつの現実なのだろうし、なくなるものはなくなるし、なくならないものはなくならない。そうやって時代は流れていくのだから。

そう思うと、独自の地域性があって、人間が生き生きと生きていた時代はもう少し前なのではないだろうか。もはや私のいっていることは感傷でしかないのだろうか。いや、そうだとばかりはいえないだろう。

我が師の恩

成田空港に着いて、出発カウンターまでエスカレーターで上がっているときに、携帯電話が鳴った。焦って出ようとしたときに切れてしまい、画面に残っていたのは上四桁が子どもの頃に住んでいた地域の市外局番だったので、幼なじみかなと思う。と、留守電が入ったので聞いてみると、中学校時代の国語の先生だった。

慌てて折り返し、ご無沙汰している失礼と電話に出られなかった失礼をお詫びする。先生とは年賀状のやりとりが細々と続いており、ごくたまに私の近著をお送りし、お礼のお手紙をいただくくらいだった。

それが今日突然お電話をいただいて、いったい何事かと思う。急いでエスカレーターを降りて、少しでも静かなところでお話しせねばと、話し続けながら人通りの少ない中二階の、階下の到着ロビーを行き交う人たちが眺められる吹き抜けに出る。

先生のご用件は、私が昨年上梓した本のなかの文章を、先生が現役の中学校教師向けに講義しておられる講座で教材として使ってもよいか、というおたずねであった。

「いつもなら特別な許可も取らずに使うんだけど、あなたの声を聞きたいなと思って電話したのよ」とおっしゃる。先生の声は中学生だった私が聞いていた頃と同じ、落ち着いたアルトの声で、その懐かしい響きを聞きながら、あなたの声を聞きたいという言葉は直球で、素直に嬉しいものだなと思う。私も先生のお声を聞けて嬉しいと思う。先生はもう七十代半ばでいらっしゃるはずだが、いささかも変わらぬ張りのある声で、この低くよく通る、威厳に満ちた声でなされる授業にはいつも相当の緊張感があった。

先生の授業で忘れられないのは、毎時間必ず二百字の作文を書くことだった。課題はその場で与えられ、十分ほどで書き上げるのである。そのための茶色い小さい升目の原稿用紙まであった。自分の思考の要点を簡潔に短時間で読み手にわかるように書く訓練は、その後の私の人生に大変役立った。

先生の授業は今思い返しても独創性があり、当時から他校の先生方が授業参観にいらっしゃるような方だったので、定年退職された後も、現役の国語教師に指導法を教える先生として本を書かれたり、講義をなさったりしているのだ。

「それで次の講義で使うのは短編がいいなと思って、考えてたら若菜さんの本がいいわと思って」とおっしゃり、私の大学時代の恩師大野晋先生について書いた「新芽の色」と、小学校時代の図工の先生の言葉を書いた「よく見て描く」を選んだという。どちらも短くて読むのにいいし、内容もいいからとおっしゃって下さった。それを聞いて、先生が選ばれるのはやはり先生のことを書いたものなのだなと内心思う。

私はすっかり恐縮して、そんなわざわざご連絡をいただくなんて、私の書いたものでお役に立てるのでしたら、いかようにもしていただいて結構です、むしろ私の文章を先生の講義で使っていただけるなんて光栄です、とお礼を申し上げる。

それから、先生私今成田なんです、と言う。

「あら、どこに行くの、山に行くの?」。先生は山がお好きで、若い頃からずっと山に登り続けておられるのだ。それで思い出したが、先生が学級担任だった二年生のときは、ホームルームの時間に、その日が誕生日の生徒に文庫本をプレゼントして下さるセレモニーがあった。先生がその子に合う本を選んで、ひとこと添えて下さるのだ。私は本が好きだったし、なにを下さるだろうとわくわくしてその日を待っていた。下さったのは忘れもしない、北杜夫の『白きたおやかな峰』だった。当時の私は山になど興味がなく、少々がっかりもしたのだが、今となれば山は私の人生の一部であり、先生のご慧眼には恐れ入るばかりである。

先生は山でスケッチもされていて、年賀状には毎年先生の絵が印刷されている。それがまた国語でなくて美術の先生ではないのかと目を疑うほどお上手である。私の山の本にも下手なスケッチが載っているのをご覧になっているので、「あなたも山に絵の道具は持っていくの」とお聞きになる。いえ、私は水性ペン一本で、先生のように色をつけたりする技術がないのでとお答えする。

その先生が「私、最近絵の先生についたのよ」とおっしゃるからまた驚く。「透明水彩の先生なんだけど、やっぱりおもしろいわ」と楽しそうである。なんという学習欲。いくつになっても知る喜び、学ぶ姿勢がすばらしい。まったく見上げた先生である。

そういう大人がはるか前方を歩いておられると思うと、中学生時代と違い、体力も気力も減退した私も勇気が出る。人間とはこうもなれる、いつまでも人生を楽しめる、何事も自分次第なのだと強く励まされる思いがする。やはり先生とは、生徒にとっていつまでも先生なのだ。

階下の到着ロビーには、トランクを引きながら足早に行き来する人たちが見えている。フライト情報を伝えるアナウンスが聞こえてくる。私は手すりに寄りかかって、流れていくときを見つめながら話し続けた。

ひとしきりお話ししたところで先生は「時間は大丈夫なの、そろそろ行った方がいいわ」とおっしゃり、「あなたいくつになったの？　まだまだ若いんだから、いくらでも歩けるわよ、行けるうちにいろんなところに行って下さい」と言われる。私は時折お年を召した方に同じように言われることがある。どの方も若い頃は壮健で体を動かすことが好きで、あちこちを飛び回っていたような人である。そうした方ほど体の衰えを実感し、思うように動ける時間は限られていると知り、今のうちよと心から忠告して下さるのだ。私は「はい、そうします。先生もお体にお気をつけて」と心をこめて言う。

「では、気をつけて行ってらっしゃい」

「はい、行ってまいります」

先生とお話ししたのはわずか十分ほどだったが、とても元気づけられた。やはり直接声を聞いて話すことは大事だ。その人の気持ちが言葉だけでなく声で伝わってくる。

それに、と私は思う。先生はわざわざ私に電話をして、あなたの文章を講義で使うわよとおっしゃることで、私の文章をよいものとして認め、先生は先生のやり方で私を励まして下さったのだ。先生とは本当にありがたいものだ。

私は再びエスカレーターに乗りながら、今回の旅は幸先がいいぞ、と思った。

平平安安

二度目の台湾はお礼参りを兼ねてだった。前年に行った旅で、私はある出来事に遭いながらも無事に帰ってきたのだが、そのとき身につけていた唯一のお守りが、トランジットで降りた台湾の桃園の宝石店で手首に巻いてもらった紐だったのだ。私はなんとしても直接お店の人にお礼の気持ちを伝えねばと、再び台湾に出かけていった。

その宝石店は主に台湾で古くから愛される翡翠や瑪瑙を扱う店で、店内のガラスケースには小さな石に精巧な彫刻を施した装飾品が並んでいた。台湾の国立故宮博物院にはかの有名な翡翠の彫刻「翠玉白菜」があり、石に精緻な細工を施す技術が発達しているのだろう。この店に置いてあるものもその流れと思われた。

前回訪れたときに私が気になったのは、小さな平たい木箱に納められたいくつもの翡翠で、そのひとつに丸い薄緑がかった翡翠の上部の茶色い部分に、はばたきながら花の蜜を吸うコウモリを彫り出したものがあった。天然石のもつ模様を上手に生かして彫刻するのも作り手の高い技術とセンスの表れであり、台湾ではコウモリは幸福の象徴なので、それは一見して大変縁起のいいお守り石だった。しかしその分お値段も張った。私はひとめでその石が気に入ったのだが、闇を舞うコウモリには馴染みがないし、それに高いしと思って諦めて、もう少し手頃な石を買ったのだった。

今回は、あのコウモリ石を買うと決意してのお礼参りである。あのとき買っておくべきだったのだという気持ちも強かったし、もしまだあれば必ず買うつもりでいた。けれども石は出会いなので、もう誰かの手もとに行ってしまったかもしれない。それはそれで縁がなかったと諦めるしかない。

お店の人は私より少し年上の、はにかんだ笑顔の口数の少ない女性で、決して押し売りしようとはしない人だった。あれこれ悩む私に親身に接してくれて、そして別れ際に手首にお守りを巻いてくれたのだった。

彼女は一年前に訪れた私を覚えていて、再訪を喜んでくれた。私は彼女が結んでくれたお守りを見せて、これを結んでくれて本当にありがとうとお礼を言うと、そんなことなんでもないという顔をして、にこにこしてくれた。それから私は例の平たい木箱を見せてもらって、どきどきしながら石を探すと、コウモリはまだそこで私を待っていた。

これ下さいと言うと、以前私が迷っていたことを覚えていた彼女はちょっと驚いた顔をして、それからペンダントにしますかと聞いた。いえ、ただポケットに入れて手で握るだけでいいんですと言うと、それだと落とすといけないからと言って、引き出しから道具を出してきて、商品ケースの上で真剣に作業を始めた。

なにをしているのだろうと見ると、石には小さな穴が空いていて紐が通せるようになっているのだが、そこに茶色い細紐を通し、コウモリ石に合ういくつかの石や装飾を選んで組み合わせ、紐を編んできっちりとそれらを結わえながら、私が石を掌で持つときに手に通す輪を作ってくれているのだった。それは熟練したプロの細かい作業で、ひと工程ずつを丹念にきっちりと、間違っても紐がほどけないように、細心の注意を払って組み上げていく。その作業は、岩を攀(よ)じるクライマーが一ピッチ登るごとに決まった動作で安全確保していくのと、あるいは定期船の船員が船が港に接岸するたびに投げ下ろしたロープをビットにしっかりと結ぶ動作とも似ていた。

私は彼女が作業している向かいの椅子に座って、手もとをじっと見ていた。そうした熟練の技はいつまで見ていても見飽きないものだ。さまざまな編み方を駆使して輪を作っていくその過程で、ふと、彼女の親指が変形し爪がほとんどないことに気がついた。職人のひとに時折見かけるが、同じ作業を繰り返すうちに指が変形してしまったり、爪がなくなったりしてしまうのだろう。彼女はもはやそのことを気にも留めていないようだったが、私は彼女の手をじっと見つめていて悪かっただろうかと思った。しかし今見るのをやめたらもっとよくないだろうと思い直して、そのまま作業が完了するまで彼女の手もとを見ていた。

ついに細工が出来上がると、彼女は私に、手に通してみてと言って、輪に手を通してから先端の石を握る方法を教えてくれた。紐の長さもちょうどよく、すべすべした小さな丸いコウモリ石は具合よく私の掌に納まった。私がぴったりですと言うと、にこにこ笑って頷いてくれた。

そして、台湾では相手の無事を祈るときに、……と言いますと教えてくれた。覚えようとして何度も復唱したが不安なので、紙に書いてと頼むと、そこにあったメモ紙に鉛筆で、事事如意、平平安安と、いくつかの言葉を書いてくれた。

なぜわかったのだろう。彼女はまるで私が遭った出来事を知っているかのようだった。

今でも私のポケットにはコウモリ石が入っていて、お財布にはメモ紙が入っていて、彼女の祈りの言葉をときどき口に出して言ってみる。

南アフリカの籠

木が教えてくれた

　リヒターズベルトの砂漠のキャンプ場で一夜を明かした翌日、さらに奥地に向かって進む。ダート道が一本あるだけで、周囲には岩山がせり上がり、乾燥した大地がひたすら続く。そのところどころに樹木がぽつぽつと立っている。赤い花が咲くブッシュもある。地表面を這う草もある。植物がある場所には水分が少しあるのだろう。

　今日の目的は砂漠の乾燥地帯に自生する植物である。なかでも自らの幹をボトルのように膨らませて水分を溜め込むボトルツリーはぜひ見たい。写真で見るとまだ小さい個体はぷっくりと膨らんだ樹形が愛らしくもあるが、彼らにとっては雨の降らない岩と砂礫の砂漠の過酷な自然条件を生き抜くための自衛手段である。

しかしどこに自生しているかはリヒターズベルトの国立公園内という情報しかない。赤い花のブッシュが点在する地点であたりをつけて車を下りてみる。

乾いてひび割れた地面に、キノコのように丸くきれいに枝を広げ、あたかも帽子をかぶったかのような形の木がまばらに立っている。灼熱の太陽光線のもと、その帽子の大きさの分だけ黒く濃く木陰ができている。そこに立っているだけでじりじりと焼かれるような熱光線にさらされているので、少しだけ木陰に入ってみようと近づいていくと、木はオリーブによく似た木であった。

枝には小さなつぼみがついている。小さな葉っぱもついている。その小さな葉を枝いっぱいに茂らせて丸い大きな陰をつくっている。木の高さに比べ、枝を長く地面に向けて伸ばしているので、枝をくぐって木陰に入る感じである。

中へ入ると、一転して涼しく気持ちのよい空間である。中から見ると、枝が絡み合い網状になって照りつける太陽光を遮っている。幹はかさかさに乾燥して、苦悶したように曲がりくねっていて、この地の過酷な環境を黙って表している。

ふと今、木の外側から見ると、私の足しか見えないだろうなと思う。枝の間を通して吹いてくる風がとても涼しい。同じような樹形の木がぽつぽつと三本立っているのが網の目から見える。木は背の低い私が立ってちょうどの高さで、かがむと地面にはヤギの糞がからからに乾いて落ちていた。どうやらここはヤギの休み場でもあるらしい。ヤギもさぞかし涼しかろう。近くの町から車で丸一日かけてリヒターズベルトに来るまでの道のりでも、出会った人はヤギ使いだけだった。彼は数匹のヤギとともに日々こうした砂漠を歩き続けているのだろう。

夫が近づいてきて、この木は樹齢三百年くらいかなと言って、さらに奥まった岩山に向かって歩いていった。と、すぐに、あった！　という叫び声が聞こえてきた。それを聞いて、木が教えてくれたんだなと思う。この木陰で涼まなければ、猛烈な熱光線に負けてふたりともそのまま車に戻ってしまっただろうから。これも意味のある偶然なのだ。

意味のある偶然の一致、シンクロニシティについてお話し下さったのは、雑誌のインタビューでお目にかかった心理学者の河合隼雄先生だった。物事には意味のある偶然の一致があって、たとえば亡くなった人が夢枕に立つといった現象は単なる偶然ではなく意味のある偶然であり、実際に起こり得るのだとおっしゃった。当時二十代だった私は、先生にお話をうかがおうと思ったのも、図書館に行ってなにかいい本ないかなと書棚の間を歩いているときに、ある本が呼んでいるような気がして、見たら先生の本だったんですと申し上げると、そうそうそれそれ、とおっしゃった。

すべてが割り切れるものだとか何事にも理由がつけられるとか思う方が間違っているのであって、人間とは割り切れないものであり、自分の知っている自分はごく一部であり、自我を超えた自己、たましいという存在をもつものである、と先生に学んだことは私の人生にとって重要なメルクマールであった。

涼しいヤギの休み場を出るのは億劫だったが、木にお礼を言って、ザレた岩場を上がっていく。途中でハーフマンがいる。ハーフマンもボトルツリーと同じく探していた植物だ。半分人という奇妙な名の植物は見たところトゲのある細いサボテンだが、サボテンではなく、パキポディウム・ナマクアヌムという植物である。見ようによっては岩山に立ちつくす人のようにもみえるから、その呼び名がつけられたのだろう。

ハーフマンがぽつねんと立っている姿は人だと思うとひどくさびしそうで、孤高の人にみえる。全身トゲだらけだが、頭のてっぺんには紫色の花をちょこんと載せている。

ハーフマンが見つかると、すぐそばにボトルツリーも見つかった。同じ植生で生きているようで、注ぎ口に緑の葉をつけた丸っこいボトルがあちこちで顔を出している。どちらもそこにあるとわかれば、遠くから見ても自然と目に入ってくるが、そこにあると知らないとまったく目に入ってこない類の植物だ。植物に限らず、物事はあると思って見るのと、ないと思って見るのでは見え方が違う。あると思って見ることが大事であって、初めからないと思って見るのでは、諦めているのと同じだ。これも河合先生のたましい論と同じだな。

岩山からは眼下の白い砂漠に先ほどの木がぽつぽつとあるのがよく見えて、赤い花の茂みも見えていて、私たちが道脇に停めた車も小さく見えている。周囲には別の岩山が迫っているけれども、そこだけはぽっかり開けて箱庭みたいに見えている。あたかも誰かがデザインしたかのように整った景色である。

さまざまな偶然の重なりの上に今、自分はここに立ってこの景色を見ている。

頭上に紫の花を咲かせたハーフマンの横に立って、私はしばらく景色を眺めた。私はやがてこの岩山を下りて去っていくが、何十年何百年とこの地で生きるであろうハーフマンからはあの帽子の木が、帽子の木からはハーフマンが、いつも見えているのだなと思った。

星々の夜

午前五時にテントから顔を出すと、外はまだ満天の星だった。左手にオリオン座が見え、少し離れてよく光る星がある。シリウスだろうか。テントを出て夜空を仰ぐ。昨夜は一晩中虫が鳴いていた。風は強くなったり弱くなったり、波の音に少し似ていた。今は遠くで風の音がする。耳を澄ますと、近くを流れるオレンジ川の水音も聞こえる。

リヒターズベルトの砂漠のテント場はよく整地された砂地だが、ナマ族の放牧地でもあるようで、夕方着いたときにはめえめえとヤギの大群が逃げていった。テントには早めに入ったものの、寝たり起きたりを繰り返し、ようやく夜明けを迎えたのである。

地面に立つ自分を中心に夜空が半球を描いて見えている。その闇のすべてに星が光っている。さえぎるもののない砂漠だからか、汚れのない乾燥した空間だからか、星々がちらちらと明るく暗く瞬いているのを今日は不思議と穏やかな気持ちで眺める。これまでにも山で夜、満天の星を見る機会は多々あったが、私は無意識に避けてきたのだ。

避けてきたのにはやはり理由があって、何億光年も前の星の光が今、地上に届いているという不気味さ、きらきらと無邪気な輝きの向こうに広がる漆黒の宇宙のはてしなさが本能的に恐ろしく、ふだんは直視しないようにしている自分という人間の生命の根源に、何者かがすっと触れてくるようなざわついた感覚もあって、できるだけ目を合わせたくなかったのだ。

しかし南アフリカの砂漠で仰ぐ星々は、私の年来の恐怖心をよそに、ただ美しく静かに瞬いていた。あたりを包むように広がる空の星は、私が立つ地面の砂や、岩山の木や、砂漠に咲く花と同じ、自然界における万物のひとつなのだと素直に感じられた。そのただなかに今、私がいるだけなのだ。私はたまたまこの地上に存在しているだけなのだ。

大きなU字を描く星々が後ろ手の中空にかかっていた。あの星々に名をつけるとしたら、なんとつけるのがふさわしいだろうか。

海辺の家の椅子

白いペンキで塗られた木戸を押して、木段を二、三段上がるとデッキになって、玄関のドアがあった。鍵はすでに管理人から預かっていたが、古い鍵ゆえに鍵穴に合わせるのが難しく、しばらくガチャガチャさせた後、押すとドアはぎいと音を立てて開いた。

イギリスの古い田舎家などにあるように、玄関を入るとすぐに広々とした応接間になっている。きしむ木の床には絨毯が敷かれ、大きなソファが置かれている。右手にはマントルピースがあって、炉の部分は閉じてある。そして左手の窓からは、夕日を浴びて輝く海が広く水平線まで見え、波音が聞こえていた。

この宿に泊まることになったのは偶然で、リヒターズベルトからスプリングボックへ一日かけて帰るはずだったのが、砂漠のただなかで車がパンクして、急遽最寄りの町へと向かい、ようようたどり着いたのがポートノロスだった。町はこぢんまりと洗練された雰囲気で、洒落た住宅と生活に必要な商店が並び、幸運なことに車の整備工場もあった。汗と砂まみれの私たちはひと息ついて、海辺のこの町に留まることにしたのだ。

見つけた宿は十九世紀に建てられた木造の館で、古代から現地の民族が暮らしてきたこの地にヨーロッパからの入植者が定住し、内陸部で産出する銅の輸出港として、のちにはダイヤモンドが眠る海岸として栄えた町の、当時の有力者の旧居だった。

応接間の左奥にあるドアからは次の間が続いていて、寝室になっていた。この部屋にも左手に大きな窓があり、右手のベッドからは朝、目覚めるとすぐに海が見えるようにしつらえてある。そして窓辺には木の机と椅子が置かれていた。この机で海を見ながらものが書けたら、どんなにかすばらしいだろう。すぐに座ってみたかったが、その机と椅子はどこか毅然としたたたずまいで、みだりには座れない感じもした。

作家メイ・サートンの作品に、愛着のあった住居から海辺の家に移り、そこでの暮らしを綴った『海辺の家』があるが、サートンが海を望む家にひとめ惚れした気持ちが私には理解できる。子ども時代、海に向かう山の中腹に建つ学校に通っていた私は、海の見える毎日がどんなに晴れやかで気持ちのいいものか、心身にしっかりと染み込んでいる。海は日々表情を変え、うららかな春の暖かさに霞んでいることもあれば、冬の光にきらきらと銀色に輝き続けていることもあった。海辺の家であれば、住んでいるだけでその幸福が手に入るのだ。海の見える家に住むことは私にとって長年の夢でもある。

部屋の左右の隅には高さの違う三角形のキャビネットが置いてある。あの大きさでは仕事の本や資料はとても収まり切らないだろうななどと詮ない想像をしてみる。

ベッドを回り込んだ側にもドアがあって、開けるとそこはキッチンだった。使い込まれたダイニングテーブルと椅子が裏窓に寄せて置いてある。ドアの右手にはカップボードと戸棚があって、以前はコンロや流しも設置されていたのだろう。窓からは裏庭の木が見えていて、裏口から庭へ出られるようになっている。さらにキッチンの奥にはタイル貼りの小さなかわいいバスルームがあり、応接間へとつながっていた。

こんなキッチンで料理や食事をしたらどんなにすてきだろう。裏庭で本を読んだり草花や野菜を育てたらどんなに楽しいだろう。夢を現実にしたようなコテージに私は夢中になり、あまねく堪能しようと、すべての椅子に座り、すべての部屋で時間を過ごした。

そうして応接間の隅に置かれた椅子に座って、輝きながら暮れていく海を見ながら、こんな家の窓辺でものを書くことができたら、どんなにかすばらしいだろうと再び思った。けれども自分の現実を顧みれば、とてもこのように美しく整った生活は送れないし、仮に送れたとしても、だからといってすばらしいものが書けるわけではない。

しかし、そうやってやらない理由を挙げていても意味がない。できない理由を考えていてもしかたがない。するかしないかしか人生にはない。窓辺のあの机と椅子はただ端然と、そう私に語りかけているようだった。

翌朝は浜辺に出て石拾いをした。浜には壊れたボートが逆さまに置かれていたり、大岩が突き出ていたり、その岩が砂まみれになっていたりした。晩夏の曇り空で、人もおらず、寒々としたその景色がイギリスのさびしい海岸のようでもあった。小石や木片が波に洗われ、砂に跡を残していた。水鳥の羽根が木の実をからめて転がっていた。

この海岸はダイヤモンドが発掘された過去をもつ。かけらでも拾えるかなと目をこらしてみたけれども、すぐに飽きて、私はくすんだ灰色の海辺をそぞろ歩くだけだった。

あなたの籠

南アフリカを旅するなら、ズールー族の籠はぜひとも買おうと心に決めていた。

ズールー族の籠にはさまざまな模様と形がある。古くから穀物や液体を入れる道具として使われてきた籠で、植物の葉できっちりと頑丈に編まれており、丸みを帯びた壺形が特徴である。婚姻の際には穀物の醸造酒を入れて儀式を行ない、婚家に贈られる嫁入り道具でもあった。そのとき編み込まれる模様はマリッジデザインといって、男性を表す三角形や女性を表すダイヤ形などを組み合わせて意味をもたせたという。

今ではもっぱら民芸品として扱われており、伝統的な逸品からモダンな作家ものまで数多く販売されている。籠マニアとしてはどれを買うべきかひどく悩む。形はこれだが模様はこちらがなどと心は千々に乱れる。どちらかというと手仕事の品は、昔ながらの作り手による粗野で無骨でも味のあるものが好みの私としては、埃を被って店ざらしになっているようなのをきれいにしてもらって買うことも多いのだが、お店では新しい籠もセンスよく色合いも美しく、目移りする。あれがいいかやっぱりこれがいいかと右往左往するばかりでなかなか決められない。欲しいものを全部買えればいいのだろうが、我が懐にも我が家の空間にも限りがある。なにせ大きなものはひと抱えもあるのである。

そんな私の迷い血走った目の端に必ず入ってくる籠があった。それは大きな蓋付きの籠で、口と台の部分が小さく、胴が大きく膨らんでいて、黒と白と蜜柑色で菱形の模様が編み込まれていた。上部から見るとその模様がひまわりのようにもみえる。ぽってりとおおらかな籠である。随分前に作られた作品らしく、少々色褪せていて、レジ前の棚のいちばん下に置かれて、やや売れ残りの観を呈している。悪くないなと思うのだが、なにせ大きくて幅をとる。機内持ち込みができないのではないかという大きさである。

ちょっとこれはねえ、ウチには大きすぎるし、絶対これというわけでもないし、と言いながらもとに戻し、他の見るからにすてきな籠を選び抜いていくが、さてそれで最後に残ったものがベストかというと疑問が残る。どうしてこうなると頭を抱えていると、私の動きを笑って見ていた店主が、あら、これは？　これはあなたの籠よ、と言った。

例のひまわりである。そんなこと言っちゃって、売れ残りを押しつけようって魂胆だろうと疑うが、店主は、これはとてもいいものなのだ、この形は昔からあるけれども、今はこんな大きいのを作る人も作れる人もいない、本当は価値があるのだ、今ふうではないけれど、と真顔で言う。これに目をつける人はいないから残っていたけど、あなたは目をつけた、だからこの籠はあなたの籠だ。そうかなあ、そんなこと言っちゃって、騙されないぞと再度思うが、心を大きく動かされる。

まれにあることだが、ものを選んでいるとき、ひとめ見て、これだ！　というものは話が早いが、最初にいいなと思った後に手を離すと、ちらちらちらちらこちらに視線を送ってくるものがある。それが気になるのだ。最終的に心に残るものが好きなものであり買うべきものであり縁があるものなのだろう。あちら（もの）は、どうせだめだよね、という諦め半分のややいじけた感じも醸していて、それが、やっぱりこれかもな、とこちらが再度注意を向けると、俄然輝きを放ち始める。え？　もしかして？　という期待に満ちたまなざしを感じるのだ。まさかねと私も思うが、あれはいったいどういうことなのだろう。

それで家に持って帰ると、何十年も前からそこに居たみたいな顔をして、ぬくぬくと納まっている。さてそれで、ひまわりの籠はどこに置こうか。

ハタオリドリ

　ハタオリドリの巣を初めて見たのはケープタウンを出て、今日泊まる宿を探して迷っていたときであった。人家の前の空き地に車を停めて地図を見ていると、目の前の一本の高木の枝先に、緑色のぼんぼり状のものが無数にぶら下がっていて、鳥の巣ではないかと思って下を見ると、たくさんのふんが落ちている。ほどなく黄色い鳥が飛んできて、籠の穴に首を突っ込んだ。

　中にいるひなも親鳥もけっこう騒がしい。こうした凝った籠形の巣を作る鳥がいることは知っていたが、これほど人の生活に近いところで、しかも集団で暮らしているとは思わなかった。ケープウェイバーといって、この地方の機織り鳥である。

丸い卵形の籠には前面のやや下寄りに小さめの穴が開いていて、そこから親鳥が首を入れて中のひなに餌をあげるようになっている。籠形である理由は、ヘビなどの外敵が入ってこられないようにするためで、それもあってなるべく細い枝先に作るのだろう。

数日後に訪れたナマクワランドの案内所前の、天高くそびえ立つ木にもハタオリドリは巣をかけていた。一本の木の幹の右側と左側に無数にあって、右側は数は少ないが、かたまってかけてある。左側は枝先ごとにかけてあり、ちょうどお見合い時期なのか、大勢で騒いでいる。

そのうちの一羽は自分の巣の入口に止まって、盛んに鳴きながら羽根をぶるぶるさせている。必死なようすである。僕の作ったこの家いいよ！　とアピールしているようだ。しかも作るのはひとつではなく、一羽でふたつ作っているようである。できたての心地よい新居をいくつもディスプレイして、お嫁さんを募集しているのだ。

遅まきながら作り始めているのもいて、巣作りの途中経過が見てとれる。人間が家を建てるときのように分業制ではなく、最初から最後まで一羽で作り上げる。

まず自分が止まれるくらいのリース形を大まかに作り、それに止まりながら入口を頑丈にしていく。それから徐々にきれいな丸い卵形に整えながら奥へ奥へと編み込んでいく。材料は草である。細くて長い草をくわえて持ってきては、嘴で上手に編み込んでいく。作り始め（編み始めというのか）はスカスカだが、上を向いたり下を向いたりして、少しずつ隙間を埋め、形づくっていく。そしてまた草を取りにいく。最終段階で入口を小さくして敵の襲撃からひなを守るのだろう。あの籠編みは、ハタオリドリの遺伝子に組み込まれているのだろうか、それとも親に教わるのだろうか。いや、とても教わってできるものではない。生まれたときから備わっている本能なのだろう。

木の下で一時間くらい首が痛くなるまで見ていたが、とてもそんな短時間では出来上がらない。諦めて花を見にいって日暮れ近くに帰ってくると、彼の籠はまだまだ作りかけで、リースの入口に止まってゆらゆら揺れながら休んでいた。明日も朝早くから作業するのだろう。

ハタオリドリ

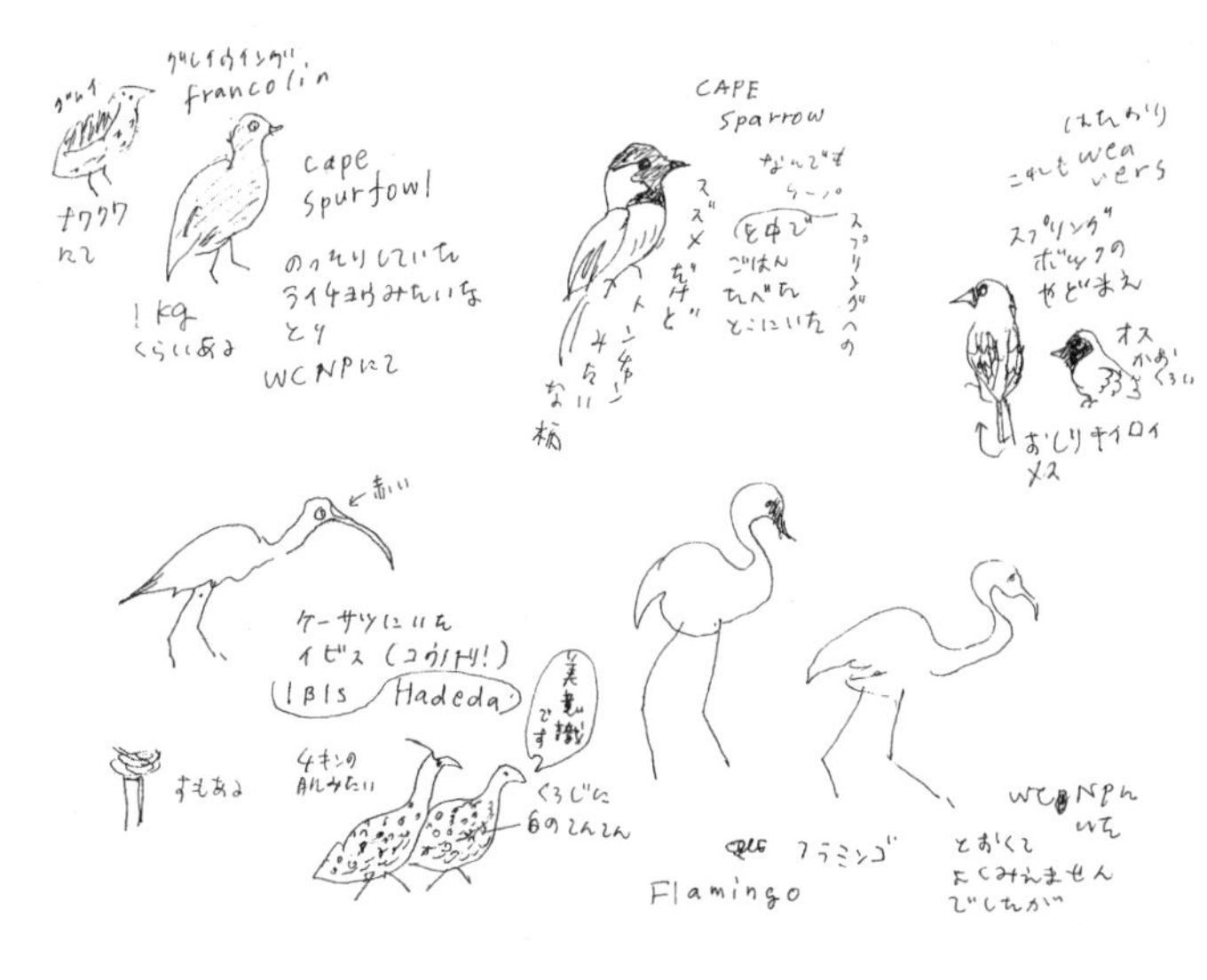
グレイ
ナワクワにて
グレイウイング
francolin
cape spurfowl
のっそりしていた
ライチョウみたいなとり
1kg くらいある
WCNPにて
CAPE Sparrow
スズメだけど
なんでもらーっ
と中で
ごはんたべたとこにいた
これもweavers
(はたおり)
スプリングボックのやどまえ
オス かおくろい
おしりキイロイ
メス
赤い
ケーサツにいた
イビス(コウノトリ!)
IBIS Hadeda
美意識です
すもある
4キンの肌みたい
くろじに白のてんてん
フラミンゴ
Flamingo
とおくて
よくみえませんでしたが
いた

花は光の射す方向を

八月二十九日

あたり一面の葡萄とシトラス畑にあるコテージに泊まって朝食をとっているときに、宿の主と花の話になった。これから行こうとしているナマクワランドは野生のお花畑が広がる地として世界的によく知られている。彼女は「花は太陽の光の射している方を向いて咲く。光とともに咲く向きが変わっていく」と言った。詩的な表現だなと思う。

広大なナマクワランドの北端に位置するグーギャップ自然保護区でお花畑をつくり出すのは、日本でもよく見かけるマツバボタンの仲間だった。一株に一、二輪ずつ咲いて、乾燥地のいたるところで咲き広がっている。案内所では、すばらしくよく咲いたという二年前の、山がピンク色に染まった写真を見せてくれた。それに比べて今年はノーフラワーだと話すのを聞いて、四年前にチリのアタカマ砂漠で見たパタ・デ・グアナコを思い出す。アタカマでもあの三センチもないようなピンクの小さな花がエルニーニョ現象の影響で一斉に咲いて、見渡すかぎり大地を埋め尽くしていた。ここ南アフリカではマツバボタンが同じ光景をつくり出すのだ。

そうした花々の動きが数年に一度、世界の乾燥地でひそかに展開している。それが自然の流れに沿っているのがいい。花が光の方を向いて動いていくのと同じことだ。

野生植物が広大なお花畑をつくり出す地域は日本にはもはやほとんどない。ここにはまだ人の手の及ばない自然だけの場所がある。それだけで価値がある。

八月三十日

ナマクワランドの中心部に行く途中の国道沿いにも花はたくさん咲いていて、車を降りては撮っていると全然前に進まない。脇道に入れば、さまざまな花がどっさり咲き乱れていて、本当にすばらしい。

思いのほか多いのは日本で園芸植物になっている花である。花店の店先で見かける、原色に近い花々の一部は南アフリカ原産だったんだなと思う。この地で咲いているととても可憐だけれども、日本で鉢植えになって売られているとどこか違和感があってなじめない。色や形が日本の風土に合っていないのだ。喩えていえば外国の民族衣装を日本で着ているようなもので、それはそれでよいのだが、この乾燥地の砂漠育ちの花が湿気が多く冬に雪が降る日本の自然条件に合うとも思えない。衣服と同じで外来の自然や文化も百年単位で根づくのかもしれないが、「やはり野に置けれんげ草」で、特に野生植物は生まれた大地でのびのびと育って、太陽に向かって咲いているのがいちばんだ。

いっとき世界中の変わった姿かたちをした巨大な樹木をプラントハンターを名乗る人々が掘り取ってきて都会で展示販売することが流行ったけれども、あれなども本当に植物を愛する人のする行為ではない。

とにかくいろいろな花が美しかった。グーギャップでもらった案内書には、花は十一時半から十五時の間に咲き、それ以外の時間は閉じますとあったが、たしかに十五時を過ぎると花は少しずつ、ゆっくりと、目に見えるほどの速さで閉じ始め、寝支度にかかる。地中海のクレタ島でも、夕方日が陰ると花々が閉じて首を垂れたのが敬虔な姿にもみえたのだった。花は少しずつ、ゆっくりと、咲く向きを変え、太陽の光を最大限に浴びて、地上での貴重な一日を刻んでいく。コテージの主が話していたとおりだ。午前中に見た白い花のそよぐお花畑も夕方帰る頃にはみごとに消え失せていた。
世界中でそうした自然の動きがある。そのことがすばらしい。植物は自然の大きな流れのなかで少しずつ、ゆっくりと、環境に沿うように進化しながら生き抜いていく。その生命力は思っているよりもずっと強靱だから、少し目を離すと、あっという間に人間がつくり上げたものなど凌駕してしまう。それを思うと小気味よく感じるほどだ。人間だけがすべてではない。

八月三十一日
日中は写真を撮ったり観察したり絵を描いたりするのに夢中で、夕方日が傾いてきて寒くなってきて、そろそろ帰ろうかと言いながらもしつこく写真を撮る。太陽花と名づけた黄金色の花があちこちで咲いている。

右手には誰かの穴があって、さっきトカゲが入っていったと夫は言っていたが、私が見ているときはハチが出入りしていた。その穴の向こうにも太陽花が二輪仲よく並んで太陽に向かって咲いていて、いいなと思って後ろ姿を撮る。よく見ると離れたところにもう一株あって、同じように太陽の光を浴びている。風がゆるく吹いて、午後の光で暖かい。花々が幸せそうにみえる。

そうしたようすを写真に撮るが、やっぱり描いておこうと思って近くに咲いていた株を描き始める。クリーム色のしべの集まりが繊細で美しい。あの後ろ姿の太陽花も正面に回って見てみようかと思うが、見る必要がない気もして、後ろから見るだけにとどめる。なんでも見ればよいということではない。それがよいと思ったのであればそれでよいのであって、それがいちばんよいのではないだろうか。

そうして太陽花を描いて、水気を含んだやわらかい葉と握手して、立ち去る前によく見る。気持ちよさそうである。ここはそういう安らかな場所だなと思う。

何度も振り返りながら歩く。あの太陽花を正面から見なくてもよかっただろうかと再び思う。ひとたびこの場所を離れたら、おそらくもう二度とここには来ない。来ようとしても来られないだろう。よしんば来られたとしても同じものは決して見られない。けれども今見たとしても、見たからよいということでもない。だから見なくてもよいように思って、去る。

しょせん人はすべての光景を見られないのだし、なにもかも見る必要もない。こうして自分の足で歩いて、自分の目で見られたもので満足であり、見られただけで充分なのだ。そこでときを過ごし、思いを巡らすことができただけで、もはや幸いなのだ。

気持ちよさそうだった、二輪一緒に光を浴びて。ああした光景が私にとっての幸せなのだなと思う。しかしいつその場面に遭遇するかはわからない。夕暮れのクレタ島で草原に影を落として立つ一本の木と同じ、ニューカレドニアのキャンプ場で木々と山々を包む朝の光と同じであった。

自然と自然が溶け合っているのを見ると、救われる思いがする。

花畑と彩雲

最初に彩雲を見つけたのはナマクワランドの花畑で最後の撮影をしていたときだった。人々の喧噪も去って、夕方の風が吹いてきて、もう花も閉じ始めていて、平穏で平和な空気のなかにいて、歩いてきた道を振り返って見たら、丘の道の上に彩雲が出ていた。

彩雲とは、太陽の光の屈折具合と大気の状態で太陽の周囲の雲が虹色に彩られる現象である。彩雲は吉兆だと教わったので、目にするたびに願いごとをする。今回も急いで願いごとを思い浮かべる。ナマクワランドで最後のピースフルな時間に彩雲に出会って、とても安らいだ気持ちになる。

そうしてもう花が寝始めたので、撮影を終えて車に戻る。ゲートを出るまでは窓を開けて草原の風を受けながら彩雲を見ていたが、幹線道路に出てしばらく走っていくうちに忘れていた。いつもなら色が消えるまで見届けたりするのだが、でもまあ忘れてもいい。自然現象なのだから、たまたま見られたのが幸運だったのだと思うようにする。

それでももう一度車内から振り返ると、彩雲はまだ出ていた。それも太陽の光が雲に空いた穴から射し込んで、その光を受けて、一箇所だった彩雲が二箇所になっている。まるで吉兆が追いかけてきてくれたようで、それを見ながらもう一度願いごとをする。

夕刻の光は強く射してもっと広くもっと美しく輝いて、すでに右手後方に遠ざかったナマクワランドの上を覆っている。寝静まった花畑は今、今日の最後の光に包まれているだろう。祝福された土地という言葉がぴったりである。

どうかこの地がいつまでも安寧でありますように。

ヨーグルトの容器

ナマクワランドで花の撮影を終えて疲れはてて町へと戻り、近くのスーパーで夕食の材料を買って宿へ帰り、シャワーを浴びて、ステーキを焼いてワインを飲んで、やっとひと息ついたときだった。

ノックの音がして、ドアを開けると宿の主人が立っていて、その後ろに警察官が三人立っていた。彼らは有無を言わさず室内に入ってきて、荷物を見せてくれと言った。

二日前にこの町に来る途中でも警察に追いかけられたのだ。国道を車で走っていて、後ろからパトカーが追い抜いていったので、なにかあったのかなとのんきに話していたら、パトカーは私たちの車の前で停まり、出てきた警察官が運転席の夫に窓を開けるように命じ、荷物を見せてくれと言ったのだ。え？　なんで？　突然のことに困惑したが、隠すようなものがあるわけでなし、見たければ見ればと車のトランクを開けた。私たちは基本的にバックパッカーなので、大きなザックふたつとデイパックふたつ、キャンプ用品などを入れたダッフルバッグがひとつあるだけだ。警官は炎天下の国道で、これはなんだ、あれを開けてと言う程度で大してやる気はなく、ズールー族の籠を興味津々手に持って眺め回し、ヘビが入っていたりして、ハハハと笑っていたくらいで、時間を取らせてすまなかったねと去っていった。

そんなことがすでにあったので、少し警戒はしていたのだ。ドアから勝手に入ってきたひとりは自然保護管理官で、目つきが異様に鋭く、私たちを怪しい輩と決めつけている表情で居丈高に命じてくる。その横柄な態度がひどく勘に障る。私は無性に腹が立ってきて、あんた誰だよ、いいかげんにしてくれ、私たちは今夕食の途中なんだ、なんの疑いでこんな扱いを受けなければいけないのかとまくしたてた。なんだこのやかましい東洋人の小さい女は、と見張り役の大男の警官は私の剣幕に驚いていたが、女性警察官が私の手荷物を調べ、管理官は夫の荷物を調べ始めた。植物写真家の夫はカメラ機材が多く、撮影した写真をチェックされるが、どこを見ても植物しか写っていないので、飽きたのかしばらく見て返してきた。荷物から出てくるものといっても、汚れた衣類や食べかけのパンや古びたテントに寝袋くらいで、彼らが欲しいようなものはなにもない。無論例のズールー族の籠も蓋を取って中を確かめている。こんなに何度もガサ入れに遭うなら、ヘビの一匹も入れておけばよかった。

さんざんかき回した挙句、こいつらはどうも違うようだと理解したらしき面々だが、車の中も見せろと食い下がる。日はとっくに暮れて外は急速に冷え込んでおり、早くせんかいと怒る私に、すぐ終わるから堪忍してねと女性警官はもはや同情モードになっている。彼らが説明するには、東洋人のプラントハンター、盗掘団が入国しているとの情報があり、運の悪いことに彼らの乗る車が私たちが借りた車と同じ車種だというのだ。

でもまあしょっぴかれることもなく引き揚げていったのだからよしとしようと、ドアを閉めながら夫が言う。気を取り直してディナーを再開する。夫が「さっきの管理官がダッフルバッグの中を探っていて、ヨーグルトの容器が出てきたときに、そら、見つけたぞって嬉しそうな顔をしたんだよね」と言う。盗掘なんかをする輩は、根ごと掘り取った植物を中身が見えないかつ水漏れしない入れ物に隠すから、ヨーグルトの容器などはうってつけなのだそうだ。管理官は喜んだのも束の間、勇んで蓋を開けると、そこには腐りかけのヨーグルトが入っていて、大いに戦意を沮喪したらしい。「あいつの目に急に光がなくなったのを俺は見逃さなかった」と言う。ああ、あのヨーグルトね。前夜に買って食べ切れなかったので、翌朝食べようと思いながら、忘れてそのまま昼日中の車内に放置し、より発酵を遂げていたのだ。

しかし災難はそこで終わりではなかった。数日後、無事ケープタウンに戻り、帰国の日に空港で出国手続きをして成田まで荷物を預け、搭乗口からいざ機内へ入ろうとしたところで、またも警察がお待ちになっていたのだ。いやどのみち今は手荷物しか持ってないしと見ると、先ほど預けたはずの荷物がご丁寧にも機内へのあの蛇腹型通路に戻ってきているではないか。他の乗客がすり抜けていく横で私たちは荷物を開けた。怒りで頭から湯気を出している私は、若い警官に落ち着いて落ち着いてとなだめられる始末で、苦労してパッキングした荷物を腹立ちまぎれにつかみ出すはずみで、帰国後大事に食べようと詰め込んだお菓子の袋がパーンと弾けて飛び散ったりして、もはやコントさながらの有様だったのだが、今回は腐ったヨーグルトもないし、結局彼らは尻尾をつかめず（もともと私たちに尻尾はない）、無罪放免となった（当たり前だ）。

おそらく彼らはあくまでも私たちを疑っていて、最後の最後でこっそり日本へ密輸するところを押さえたかったのだろう。しかし、ないものはない。だいたい植物の盗掘団なんて、もし見つけたら私たちの方が通報したいくらいだ。野生植物は自生地にあることが重要であり、保護に細心の注意を払う私たちが、よりによって盗掘団の嫌疑をかけられるなんて、断固として許しがたい。私たちを追い回す暇があったら真犯人を探せばいいのに、とんだお門違いである。しかしそれほどまでに南アフリカの植物盗掘問題はゆゆしき事態に発展しているのだと実感させられる一件であった。

喜望峰で見たもの

一路海沿いを走ってケープ岬に向かう。青い海が白浜に寄せてくるときに、波頭が白く、やわらかな広がりをもってしずしずとすべらかに寄せてくるのが、崖上から見えている。はるか大西洋から寄せているんだなと思う。これも自然のリズムだろうか。紺碧の青である。赤茶の岩山とのコントラストもいい。

そういうものを見ながら喜望峰の灯台へ。観光客用のケーブルもあるが、せっかくなので歩いて上がっていく。背後に大きく広がりを見せる大西洋の展望がすばらしい。緑の岬の方面がよく見える。風が強い。

上り着いた灯台は古風な形で赤と黒の堂々たる灯台である。世界中の観光客が訪れるのだろう、パリまで何キロ、ロンドンまで何キロと書いた標識が立っている。灯台からは灯台守の道という五時間のトレッキングコースがあるそうだ。岬に向かう草原にぽつんと黄色い小屋が建っているのが見える。あそこまで行くのかもしれない。

地図上の場所として喜望峰の文字を長らく見てきた者としては、こんなところまで来ることになろうとは、授業で地図帳を開いていたときには思ってもみなかった。

下りはケーブルを使い、車でケープオブグッドホープ、岬の先端の喜望峰へ。

その道すがらでダチョウ三羽と会う。ケープ岬一帯は自然保護区でもあるので、野生動物に遭遇する確率も高い。一羽が悠然と先を歩いていて、その後を二羽が餌を探してずうっと大地をついばみながら歩いていく。そのようすを車から降りてずうっと見る。午後の明るい斜光線が草原いっぱいに射していて、ダチョウのシルエットが逆光で浮かび上がっている。ダチョウは背が高く首が長く脚が速いのが特徴だけれども、実物を見るとふささと盛り上がった羽と胴体の大きさにインパクトがある。羽が黒白なのは雄で雌は薄茶色だが、雌の羽にも細かい模様があって上品な装いである。

ダチョウは大きくておおらかでいい。ゆったりと夕日の満ちる草原を餌を探しながら歩いていく。後ろの二羽はつかず離れずで、つがいのようだ。雄が少し小さくて雌がリードしているようだけれども、雄もすっくと立つとなかなかの美男で、姉さん女房と年下男子の感じである。少し離れた場所で見ていると、突然雌がこちらに向かって歩いてくる。人間にも物怖じしない。なにせ逃げ足は速いもの。睫毛の長い大きな左目でじっとこちらを見て、またゆっくりと去っていく。

なんといってもダチョウは首の動きが尋常でない。くにゃくにゃに曲がるのである。しかもその動きがスピーディである。長い首には食べたものが貯めてあって後で飲み込む。時折シュッと伸ばして回りを警戒する。実物を見たことはないが、どことなく恐竜っぽい。今も野生の生息地で生きながらえている動物を見ると、その姿や動き、皮膚や骨格に古代の面影を感じる。彼らの多くは長いときを経てすでに進化を遂げているのだが、その過程の名残を色濃くとどめているようにみえるのだ。

脚は太くて骨張っていて骨格標本みたいな脚である。さすが脚が速いだけある。今朝遭遇したダチョウの走りもすごかった。おそらく求愛のダンスをしながら二羽で走っていったのだが、まるでダチョウのかぶりものをかぶった人間が全力疾走しているみたいだった。胴体は大きく見えるが、羽がほとんどで軽やかなので、あれほど速く走れるのかもしれない。

そんなことを考えながら絵を描いたり写真を撮ったりしている間も、ダチョウは泰然と、夕方のまばゆい光に照らされた草の大地をついばみながら移動していく。

ダチョウを見過ぎてケープオブグッドホープを歩く時間がなくなってしまったが、自分もほんのひととき、喜望峰に生きるダチョウの時間を過ごしたようだった。

帰っていった1ランド

その1ランドを拾ったのは、スプリングボックへ向かう途中のあずまやであった。休憩のために車を降りてあずまやに入り、コンクリートでできた椅子に座ったときに、足もとに落ちていたのだ。拾ってよく見ると、南アフリカのコインの1ランドであった。サウスアフリカの文字と南アフリカの木とそれらしい絵柄が刻印されている。

十円玉のようなものだから、なんとなくそのまま着ていた服の左ポケットに入れて旅を続けた。所持金の足しにするというよりは、お守り代わりに入れておこうという気持ちだった。おそらくこのコインをなくすときはまた次の人の役に立つためで、自分でずっと持っておこうとも思わずにいた。だからあまり気にもせずにいたが、確かめるとポケットにちゃんと入っている。気づいたらない、というときも、車の座席に落ちていてすぐ見つかる。もしなかったとしても、次の役目に行ったのだからいいのだと素直に思える。私が拾ったときにもそんなふうな顔をして落ちていた。

そうして何日かともに旅をしていて、砂漠からの帰りに寄った海辺の宿で、夜、夫が着ていたものの洗濯をしていて、ポケットに米ドルの十セントが入っていたのに気がついて、これ、もしかして君のコイン？　と声をかけてきた。それで私も1ランドのことを思い出し、ポケットを探るとない。あれ落としたかなと思ったが、また車の座席に落ちているかもしれないし、なかったら次の役目に行ったのだからとそのことには大して気を揉まず、お茶でも飲もうとお湯を沸かしてマグカップに紅茶を淹れて、テーブルに置こうとしたときに、これはあの『ハリネズミと金貨』かと思った。

厳しい寒さを前に年寄りの小さなハリネズミが道で金貨を拾い、このお金で冬ごもりの準備をしようとするが、仲間の生きものたちがそれぞれにもっているものを分けてくれて、おかげで温かく冬を越せる用意が調った彼は、思案ののち、使わなかった金貨を道に返してくる、というウクライナの民話である。私の拾ったコインもきっとハリネズミの金貨なのだ。

翌朝、車の座席を見ると、1ランドはちゃんとそこで待っていた。

そうして小さなコインを持って旅しているうちに、だんだん手放しがたくなってきて、日本に持って帰りたい気持ちがよぎる。そのたびに、いやいやそれは違うのだと思い直す。この1ランドは自分のためだけになってくれるのではなく、否、なってほしいというのでもなく、他の人の役にも立ってもらうのが正解なのだ。

だからもし私にずっとついてきてくれたとしても、それはその必要があるからで、無事帰国したら成田空港に置いてある募金箱に入れようと決めていた。

まるでその気持ちを知っていたかのように、1ランドは忽然といなくなった。

最終日、車で宿に帰る途中で、そういえばあるかなと思って左ポケットを探ったら、なかったのだ。

宿に着いてから車内をくまなく調べようかと思ったが、それもしなくていい気がした。もう私を守る必要はなくなったのだ。もし車の中に落ちていたとしても、次に乗った誰かが気づくだろう。車以外に落としたと考えられる場所はケープ岬の草原だが、それもわからない。わからなくていい。

１ランドは役目を終えて、自分で去っていった。

赤い水平線

　ケープ岬からケープタウンまで、チャップマンズ・ポイントを通る有料道路で戻る。岸壁の岩肌を道路の幅だけ削って造った、まるで黒部渓谷の下ノ廊下のような海沿いの道路で、文字どおり展望絶佳である。黒部は足もとが渓谷だがこちらは南大西洋である。

　夕方の太陽光がそそり立つ岩肌を射るように強烈に照らしている。岸壁に生える木々がさまざまな形をしながら皆、太陽に向かって立っているようにみえる。その姿は厳かで神々しいほどである。メキシコの砂漠でも、遠い地平線に淡く広がる夕日に向かって立ち尽くす無数のサボテンを見て同じように思ったけれども、南アフリカの太陽は猛烈に赤く、さらに強大な力を見せている。目など開けていられないほどである。そのためか、空と海の境が妙に明るく、黄みを帯びた白色に見えている。その白い大気の下に海の青がある。太陽光があまりにも強すぎるのだ。

途中、チャップマンズ・ポイント手前の崖上の空間で車を停め、五分ほど座って花の絵を描く。輝く大海原を前に、わずかな土に咲く小さな花も太陽光に染まっていて、その花の上にはさらに小さな虫がいて、じっとしている。この花もこの虫も自分も同じだなと思う。この壮麗な空間にある集落の家々も景観の一部として見ていたけれど、そこに住む人々も皆、砂漠の砂の一粒、あるいは砂漠に咲いていた太陽花一輪と同じである。

太陽の光は今や水平線を金赤に染め尽くすほど強力な光で圧倒的である。そしてその光は花を照らし、人を照らし、木を岩を山を照らし、地上のあらゆるものを照らして海面に落ちて銀色にまぶしく輝き、今日という日の終わりをみせている。

私は人生の一日が今日であったことを、今日ここでこの太陽の光に遭遇したことに感謝する。私はこれほどまでに強く大きく赤々とまばゆい光を放ち、万物を照らし尽くす太陽を見たことはなかった。太陽の光は生まれてこのかたずっと浴び続けてきたが、南半球のアフリカ大陸の南端を覆うその光に、これほどまでに圧倒されている。

自分はなにかを知ったつもりになっていないだろうか。すでになにかを見てきたと思ってはいないだろうか。

やがて光はだんだんに薄れ、輝きを失って消えていく。すぐに天上から薄青く黒い闇を含んだ空の色が下りてきて――それはもはや準備されていたかのように――夜へと変わっていく。

道は岩山の間をぬって上がって、ケープタウンへと再び下っていく。眼下の海は凪いで弧を描く白い浜辺には人々が小さく見える。あたりは淡いグレーの夕闇に包まれ、街に着く頃に夜は始まっていた。

滞在国・都市・地名一覧

⑭スリランカ
　コロンボ
　キャンディ
⑮タイ
　バンコク
　ルーイ
　チェンカーン
　ノンカーイ
　プールア国立公園
⑯マレーシア
　キャメロン・ハイランド
⑰シンガポール
⑱インドネシア
　スマトラ島
⑲フィリピン
　セブ島
⑳ニューカレドニア
　ヌメア
㉑台湾
　桃園
㉒ロシア
　モスクワ
　ウラジオストク
　(沿海地方)
　ユジノサハリンスク(サハリン島)
　ペドロパヴロフスク・カムチャッキー
　(カムチャツカ半島)
㉓メキシコ
　バハ・カリフォルニア半島
㉔チリ
　コピアポ
　ドメイコ
　アタカマ

❶イギリス
コニストン
❷ポルトガル
アルガルヴェ
❸スペイン
マドリッド
アルヘシラス
❹モロッコ
タンジェ
フェズ

❺オランダ
ロッテルダム
❻スイス
ツェルマット
ヴァリス地方
❼ギリシャ
クレタ島
❽キプロス
カコペトリア

❾南アフリカ
ケープタウン
ケープポイント自然保護区
ウエストコースト国立公園
グーギャップ自然保護区
スプリングボック
ナマクワランド
リヒターズベルト
ポートノロス
❿カタール
ドーハ

⓫アラブ首長国連邦
ドバイ
⓬ネパール
カトマンズ
ガンドルン
ポカラ
チトワン国立公園
⓭インド
デリー
ジャイサルメール
ムンバイ
サタラ

おわりに

かれこれ十年以上前、知人のデザイナー氏に、海外へ出るたびにつけている旅ノートを見せたことがあった。旅先で書き綴った文章だけでなく、滞在した町の散歩地図や登った山のルートや気ままなスケッチや貼り付けた木の葉や列車のチケットなどがごちゃ混ぜになったノートをめくって、彼はあきれたように「おまえはいったいなにになりたいんだ」と言ったのだが、そのとき私は間髪入れずに「自分になりたい」と答えた。

デザイナー氏がなんと反応したかは覚えていないが、今でもあの答えは本心であったと思う。それまでに、自分は自分になりたい、などと考えたこともなかったのだが、頭で考えるより先に口から言葉が転がり出ていた。

誰もが一度きりの人生を生きているのであって、自分の人生は自分のものなのだから、自分が納得できるように生きて、少しでもよりよい自分になろうとするしかない。私はこれまでの人生をそうして生きてこられたことを幸運に思う。これからも旅に出て、自分の足で歩き、目で見て感じ考え、自らを見つめ直しながら生きていきたい。

五年以上の歳月をかけて旅の三部作をようやく完結することができたのも、さまざまな形で私を励まして下さった多くの方々のおかげと感謝しております。私の絵の線をよいものとして、真摯に装丁を考えて下さったデザイナーの櫻井久さん、端正な本に仕上げて下さったシナノ書籍印刷の皆さん、いつも明るい表情と心からの言葉で私と本作りをして下さったアノニマ・スタジオの村上妃佐子さん、旅先で真心をかけて下さった皆さん、そしていかなるときも「のんびり漕ごうぜ」と言い続け、支え続けてくれた夫に、この場を借りて深く御礼申し上げます。

二〇二三年十一月

若菜晃子

初出一覧

英国　湖水地方の旅　『mürren』二〇一〇年十二月
ジャンクスイーツの旅　『Coyote』二〇〇九年十月〜二〇一〇年十二月
日本語教師と大判焼　『ひととき』二〇一二年二月
葉で包む　web版『考える人』二〇一〇年二月
国境の町の竜神伝説　『mürren』二〇一〇年七月

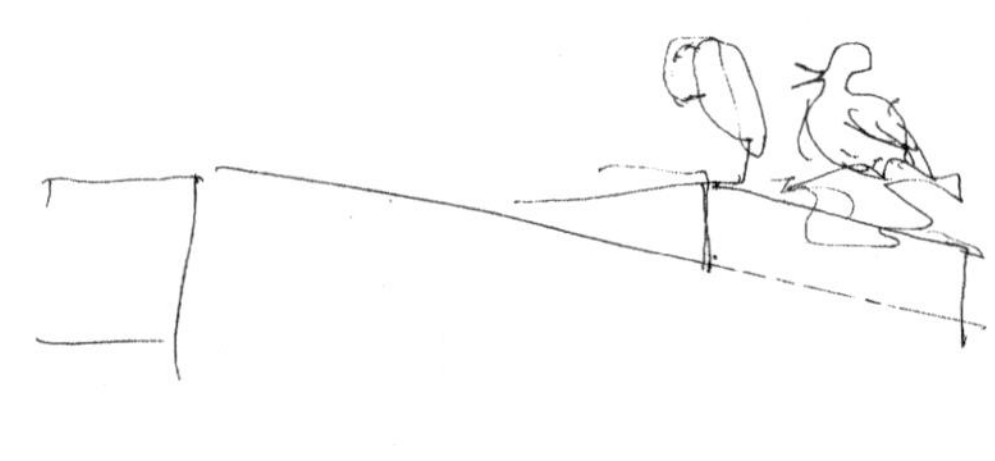

若菜晃子（わかなあきこ）

一九六八年兵庫県神戸市生まれ。編集者、文筆家。

学習院大学文学部国文学科卒業後、山と溪谷社入社。『Wandel』編集長、『山と溪谷』副編集長を経て独立。

山や自然、旅に関する雑誌、書籍を編集、執筆。

「街と山のあいだ」をテーマにした小冊子『mürren』編集・発行人。

著書に『東京近郊ミニハイク』（小学館）、『東京周辺ヒルトップ散歩』（河出書房新社）、

『徒歩旅行』（暮しの手帖社）、『地元菓子』、『石井桃子のことば』（新潮社）、『東京甘味食堂』（講談社文庫）、

『岩波少年文庫のあゆみ』（岩波書店）、『街と山のあいだ』（アノニマ・スタジオ）など多数。

旅の随筆集第一集『旅の断片』は二〇二〇年に第五回斎藤茂太賞を受賞。

第二集『途上の旅』に続く第三集が本書。

アノニマ・スタジオは、
風や光のささやきに耳をすまし、
暮らしの中の小さな発見を大切にひろい集め、
日々ささやかなよろこびを見つける人と一緒に
本を作ってゆくスタジオです。
遠くに住む友人から届いた手紙のように、
何度も手にとって読み返したくなる本、
その本があるだけで、
自分の部屋があたたかく
輝いて思えるような本を。

旅の彼方

二〇二三年十二月二十七日　初版第一刷発行

著　者　若菜晃子
発行人　前田哲次
編集人　谷口博文

アノニマ・スタジオ
〒111-0051　東京都台東区蔵前2-14-14　2F
TEL.03-6699-1064　FAX.03-6699-1070

発　行　KTC中央出版
〒111-0051　東京都台東区蔵前2-14-14　2F

印刷・製本　シナノ書籍印刷株式会社
DTP　川里由希子
校　正　東京出版サービスセンター

ISBN978-4-87758-856-4 C0095